MARGARIDA PATRIOTA

Ilustrações de César Landucci

A GUERRA DAS SABIDAS CONTRA OS ATLETAS VAGAIS

Selecionado para o PNLD-SP 2006

COLEÇÃO JABUTI Vida

2ª edição
4ª tiragem
2018

Editora Saraiva

Editora Saraiva

Editor: ROGÉRIO CARLOS GASTALDO DE OLIVEIRA
Assistente editorial: KANDY SGARBI SARAIVA
Secretária editorial: ANDRÉIA PEREIRA
Suplemento de trabalho: MÁRCIA GARCIA
Coordenação de revisão: LIVIA MARIA GIORGIO
Gerência de arte: NAIR DE MEDEIROS BARBOSA
Supervisão de arte: ANTONIO ROBERTO BRESSAN
Projeto gráfico: HAMILTON OLIVIERI
Diagramação: EDSEL MOREIRA GUIMARÃES
Capa: CÉSAR LANDUCCI
Impressão e acabamento: RENOVAGRAF

Dados Internacionais de Catalogação na Publicação (CIP)
(Câmara Brasileira do Livro, SP, Brasil)

Patriota, Margarida
A guerra das sabidas contra os atletas vagais / Margarida Patriota ; ilustrações de César Landucci. — 2. ed. — São Paulo : Saraiva, 2009. — (Coleção Jabuti)

ISBN 978-85-02-07953-3 (aluno)

1. Literatura infantojuvenil I. Landucci, César. II. Título. III. Série.

04-5777 CDD-028.5

Índices para catálogo sistemático:

1. Literatura infantojuvenil 028.5
2. Literatura juvenil 028.5

Avenida das Naçõe Unidas, 7221, Pinheiros
CEP 05425-902 – São Paulo-SP
Tel.: (011) 4003-3061
atendimento@aticascipione.com.br
www.aticascipione.com.br

CL: 810024
CAE: 571328

Para Fernanda e Lucas

BASTA!

O interfone, que era sempre atendido aos primeiros toques, nesse dia emudece. Calcar o botão do aparelho que comunica com o apartamento de Vera — várias, demoradas, irritantes vezes — só resulta num mesmo e inesperado silêncio. O porteiro do prédio, que é novo em serviço, diante da insistência dos garotos, reclama:

— Ei, *vamo* acabar com essa zona?

— A gente combinou de estudar na Vera, do 301.

— Diego, Gerson e Raul são vocês?

— Falou.

— Tem um bilhete aqui pra vocês.

O porteiro tira do bolso um papelete dobrado, que Raul pega e lê alto:

— "Atraso tem limite! Traição tem limite! Tudo tem limite! Virem-se!". Lascaram ponto de exclamação na gente — comenta ao fim.

— Agora mesmo que danou — diz Gerson, puxando o celular do bolso, enquanto Diego soca obstinado o botão do interfone.

O porteiro torna a reclamar com voz firme:

— Ei, cara, ouviu o recado da menina?

Diego, então, vira-se e pede ao homem:

— Deixa eu subir, vai. A gente veio estudar na Vera, que tá lá esperando. A droga desse interfone pifou, só pode ser. Inclusive sou o namorado dela, e os amigos aqui é tudo gente fina.

— Você é o namorado da Vera?

— Sou, anda, abre essa porta, deixa eu subir.

— Meu amigo, não posso. Sou todo pelo namoro, essa coisa, mas sinto muito, não posso. A ordem foi entregar o bilhete e não deixar subir.

— Essa agora! — diz Diego, pondo-se a zanzar, com o ar perdido, pela portaria.

Nisso, Gerson rompe animado, o celular colado na orelha:

— Natália, gata, tudo bem? O que, tá com raiva de mim? Aquilo de ontem foi besteira, juro, você é a única. — Nessa palavra cala-se, fita surpreso o fone portátil, murmurando murcho: — Natália desligou.

É a vez de Raul discar a engenhoca e dali a pouco falar:

— Pô, Natália, não engrossa! Respeita o Gerson, né? A gente atrasou porque o jogo empatou, aí teve prorrogação. Hum. Vera acabou? Acabou como, se é fissurada no Diego? Hã? A Ingrid também invocou comigo?!

Arrancando o celular da mão de Raul, Diego se intromete na conversa:

— Oi, Natália, sou eu, Diego. Chama a Vera pra mim, por favor.

Aguarda quieto, com o olhar descolorido, de tão compenetrado na espera, até dizer:

— Sei. Não transige nos princípios dela... Ótimo, diga que tampouco transijo nos meus. Escuta, não é melhor a gente conversar aí em cima? Manda o porteiro abrir a porta pra gente e não torra. Transija aí, vai, ou transa aí, sei lá como é que se conjuga!

Pelo modo como abaixa o celular, vê-se que desligaram na cara dele.

Os colegas se entreolham confusos.

— E agora, que que a gente faz? — Raul indaga.

Dentre as sugestões que aparecem, e que vão desde invadir o prédio pela garagem a um deles se disfarçar de entregador de pizza, vence o plano de reunir as economias e subornar o porteiro com os quatro reais de que dispõem juntos. Entretanto, no que o sujeito recusa o dinheiro, ameaçando chamar o síndico, eles chispam.

O prédio de Vera, recém-construído, desses de portaria com guarita, faz ângulo com o parque, dez minutos a pé do Colégio Urbano, onde ela estuda. Seu apartamento é um confortável três-quartos, em que a mãe, neurocirurgiã, divorciada, ocupa a suíte grande, Vera, a menor, com varanda, e cujo terceiro quarto, forrado de estantes repletas de livros, munido de computador e mesa de reuniões, serve de escritório para ambas. Dos colegas de Vera do nono ano, nenhum tem em casa melhor espaço para estudo em equipe. Muito menos espaço perfeito para equipe de seis pessoas, cada qual sentada em cadeira de braço, ao redor de boa mesa redonda.

O apartamento da Ingrid tem a desvantagem da avó doente, quase centenária, curvada na bengala, é agoniante. No de Natália, o problema é o festival de irmãos em constante entra e sai. O de Diego, num edifício que também beira o parque e faz com que viva jogando bola no campo defronte à varanda de Vera, tem o Pablo, o irmão de vinte anos, que estuda para o vestibular e, quando não estuda, toca bateria. O Raul tem, de inviável, a distância: mora longe, numa chácara semi rural, fora de mão. Gerson tem os pais, que são arquitetos, e que atendem em casa os clientes. O restante da turma tem outros problemas, que por aí vão.

Portanto, aparecendo na agenda de Vera trabalho em grupo — e Dona Iolanda, de Redação e Estudos Sociais, é mestra em assegurar que isso não falte —, é com certeza em seu escritório que a equipe dela se reúne.

Dona Iolanda, no começo do ano, dividiu sua turma do nono ano em seis equipes de seis alunos. Disse que trabalhar em conjunto era bom treinamento para a vida. "Componham seis times e vamos à luta", falou, distribuindo programa e cronograma de tarefas semestrais. As equipes, então, formaram-se à vontade, amigos tratando de ficar com amigos.

De um trabalho a outro, a composição das equipes poderia mudar, ao prazer dos alunos. Só que isso não aconteceu. As equipes de março confirmaram-se em abril e logo se fixaram sob os nomes de equipe I, equipe II, equipe III, equipe IV, equipe V, equipe VI, ao ponto de todos saberem que a equipe I, formada por Vera, Diego, Ingrid, Raul, Gerson e Natália, é a que tira as melhores notas.

Se os alunos estão contentes com seus times, Dona Iolanda não se incomoda que sejam os mesmos. Acha que esse recorte estável, nascido de afinidades eletivas, tem sua dinâmica no aprendizado, e até lhe revela um mapa humano interessante da classe.

Quando soube que na equipe I, que tira as melhores notas, seus trabalhos estimularam a formação de três pares de namorados, até gostou do papel de Cupido que exerceu. Inclusive passou a sustentar que o namoro na adolescência "favorece o desempenho escolar de quem namora".

"Namorem, namorem!", proclamou, entusiasmada com o trabalho sobre favelas que a equipe I produziu. Quando leu, da mesma trinca de namorados, o trabalho final sobre a condição da mulher, entusiasmou-se mais ainda, chegando a desabafar com Vera: "Tenho, pra mim, que se meu sobrinho namorasse uma garota estudiosa como você, tiraria melhores notas no colégio".

As famílias dos titulares da equipe I tendem a concordar com a mestra: namoro é bom e não atrapalha os estudos. A prova está nos boletins mensais: basta ver que namorar não diminuiu em nada as notas de Vera, Ingrid e Natália, que sempre foram estudiosas e continuam sendo. Quanto ao caso de Diego, Gerson e Raul, que eram antes alunos fracos, namorar só melhorou o rendimento deles.

Estudando em equipe, logo Vera apaixonou-se pelo Diego, ou ele por ela, ou os dois ao mesmo tempo, isso aí nunca se sabe. Sabe-se que Vera ser canhota e Diego destro ajudou o namoro a deslanchar, já que, sentados lado a lado, à mesa de trabalho, sempre puderam escrever bem, virar páginas, manusear livros, dando-se as mãos discretamente e sem interrupção.

Gostam de lembrar o momento em que passaram a se curtir de modo especial. Para Vera, isso começou quando Diego a fisgou pelo olhar e piscou com um jeito de dizer bem claro: "Tô a fim de você". Diego reconhece:

— Foi assim mesmo, olhei e pisquei. Acontece que o começo de tudo é você ser linda e maravilhosa.

Vera devolve:

— Na verdade, te curto há muito tempo, desde que te vejo jogando bola no parque. Te achava lindo. Quer dizer, ainda te acho. Só que te achava lindo-fofo e agora te acho lindo-gostoso. E você? Quando descobriu mesmo que gostava de mim?

Diego reflete, mas vai rápido:

— Também foi jogando no parque. Te via na varanda me olhando e aí tentava te impressionar. Se bem que, paixão tiro e queda foi no aniversário da Ingrid, quando você imitou a Vera Fischer desfilando na novela.

Vera e Diego entrelaçando os dedos nas sessões de estudo, eis que Raul resolve ganhar experiência no ramo. Então, num dia em que estava de *short*, a cismar que o olhar de Ingrid passeava bobo pela sua perna, meio que contemplando seu fêmur malhado, tomou coragem e segurou a mão dela apertado. Gerson e Natália não tardaram a entrar na onda do "ficar", sem compromisso. Mesmo porque, quando seis pessoas se reúnem para estudar, e quatro desatam a se beijar, os dois que sobram são forçados a se encarar e admitir que estão ali de otários.

Em suma, Diego e Vera lideraram a largada amorosa do nono ano. Atrás, na pista, vieram Raul e Ingrid, seguidos de Gerson e Natália na terceira fila. Alguns pensarão que o namoro *pole position* é ali o mais sincero. Brotou dele mesmo como brotam as flores, sem ninguém encorajar ou dar o exemplo. Pensar faz parte, o resto é ver.

Uma coisa é certa: no que Diego e Vera assumiram o namoro, a classe inteira sofreu na pele pontada de inveja. Inveja, assim, no bom sentido, de imaginar alguém vivendo momento feliz, divertido e rico de emoções, e querer para si momento igual.

De resto, ninguém se espantou com a novidade. A classe vinha notando que rolava um clima entre eles, de modo que viu as brumas de um encanto se armando, antes mesmo dos encantados. Para dar uma ideia do quanto notava, basta dizer que, no minuto em que começou a rolar a pergunta: "Adivinha quem tá namorando?", a resposta sonora, imediata e geral foi: "Diego e Vera. Quem mais?".

— Diego e Vera, claro. Moram perto, são da mesma equipe, às vezes vêm junto pro colégio, e ainda vêm rindo! — disse Salete.

— Legal — falou Jandira, repetindo, satisfeita. — Taí, legal, gosto deles.

Também se ouviu que eles ficavam bem juntos, que tinham a cara um do outro, que pareciam o "casal vinte", coisas do gênero.

Depois, na vez de Raul e Ingrid virem à aula abraçados, o cochicho foi:

— Direito deles, mas fica engraçado a mini-Ingrid batendo na cintura do varapau!

Salete chegou a prever:

— Não vai dar certo. Ingrid vai se cansar de usar sapato plataforma, e Raul de se curvar pro chão, procurando formiga.

Houve ainda quem dissesse "Aposto que é pra imitar o Diego e a Vera".

Agora, espanto mesmo causaram Gerson e Natália. Do míope do Alex limpar os óculos e exclamar: "Uau, a equipe I tá que tá!", e o Isac virar, pasmo: "Gerson e Natália? Cês tão brincando!". Durante o recreio, no que Gerson apoiava a cabeça no ombro da Natália, vários comentaram: "Quê? O nanico e a gigante?". Salete, descrente, tornou a prever: "Não vai dar certo. Gerson vai se cansar de andar na ponta do pé, esticando o pescoço feito girafa". A essa altura, ninguém escapou à tentação de reparar que, em matéria de harmonia e proporção, Ingrid comporia melhor com Gerson, e Raul com Natália.

Depois do espanto veio a desconfiança de que a moda do namoro perigava se espalhar como coqueluche pelo nono ano. Afinal, se pelo fio se tira o novelo e pelo passado o que está por vir, Salete estava cercada de razão ao prever: "Tem mais gente que vai sair namorando dos trabalhos que Dona Iolanda manda fazer. A questão é: quem vai ser? Débora com Isac? Jandira com Alex?".

— Imaginou Jaime e Milena? — Rita deixou escapar.

— Só se a Milena emagrecer vinte quilos! — disse Cleide.

Era divertido imaginar quem poderia ficar com quem, nas mais diversas combinações: chato com chata, grosso com grossa, gordo com magra, espeto com balofa, linguaruda com mudo, mauricinho com desleixada, patricinha com rastafári, assim por diante. No final, os mais fáceis de supor juntos eram a "Ana canhão" e o "Leo espinhudo", apesar de se detestarem abertamente.

— Já pensou na Ana espremendo espinha do Leo? Indo com ele ao dermatologista?

— Chocante.

— Chocante ou crocante?

— Hum, que nojo! Põe a Ana com o Cláudio, coitada!

A previsão da Salete, de que os namoros no nono ano iam rebentar, parecia certa, mas não foi. Os dias passaram, os trabalhos em equipe continuaram, só que mais ninguém se atreveu a azarar ninguém. No final do semestre, os únicos na classe que se davam mãos e beijos grudentos continuavam sendo Vera e Diego, Gerson e Natália, Ingrid e Raul.

A conclusão só podia ser uma: o escritório de Vera era um antro de perdição.

— Não vê que minha mãe deixava *três meninos e três meninas da nossa idade sozinhos* muito tempo! — disse Débora, encarnando a voz e o discurso dos pais.

— Acontece que tua mãe é mais severa que o normal — disse Salete. — Vai nas festas te vigiar, te espera na saída do colégio, diz que novela das oito devia ser proibida pra menores de dezesseis anos.

— É que ela cuida de mim — virou Débora. — Não é como a mãe da Vera, que só cuida da carreira dela.

— Quem disse? Ser cirurgiã exige muito, só isso. Sabe lá o que é operar coluna vertebral das pessoas?

— Devia ter escolhido outra profissão se queria ser mãe. Sabia que a diarista dela vai embora às cinco da tarde? E ela só chega em casa às oito da noite? Pois então, das cinco às oito, minha filha, é Vera sozinha no apartamento com a equipe dela.

— Pô, Débora, o que você tem contra a Vera?

— Nada. Só acho muito solta. Espera ver o que vai dar. Aliás, já deu! Me diga: Diego e ela, Raul e Ingrid, Gerson e Natália namoram por quê? Porque a mãe da Vera deixa todos sozinhos naquele escritório sem ninguém vigiando.

Débora talvez tenha parcela de razão, pois Gerson, por exemplo, morre de medo de o sogro flagrá-lo beijando Natália, o que Gerson só faz no escritório de Vera, trabalhando em equipe. E a avó da Ingrid vive crente que o Raul é um "coleguinha grandão" que ajuda a neta nos deveres, mais nada. Soubesse que o Raul é outra coisa, morreria.

Então tem isso que no aconchego do escritório as pernas se encostam, braços, mãos, dedos se enroscam, bochechas se achegam, se roçam, pontas dos narizes se achatam, se esfregam, tudo o que a Débora imagina, sem falar nos esbarramentos de coxas, na contaminação dos cheiros, nas pisadelas embaixo da mesa e toda gama de encontrões.

Aí Salete pondera com Débora:

— É, a ocasião faz o ladrão. Mas a folga da equipe I no apê da Vera acaso impede Jandira de namorar com Isac? Leo com Ana? Germano com Sandra? Cleide com Alex?

Jaime com você? Quem quiser, com quem quiser? Esquece que mil namoros no sexto ano, no sétimo, no oitavo, toda hora nascem, vivem e morrem no espaço do colégio? No Colégio Urbano, então, que emenda num parque cheio de árvores? Facílimo namorar sem pai nem mãe jamais suspeitar. Agora, juro, se minha mãe só me deixasse namorar na idade de votar, como a tua, namorava de birra amanhã mesmo. Mãe nenhuma ia estragar minha juventude. Desculpa, Débora, mas acho tua mãe pra lá de quadrada.

— Não, tudo bem, mas, vem cá... Quem tem aqui pra eu namorar? Se os únicos que prestam no nosso nono já namoram?

Débora, aí, falou a verdade. Salete concorda que ninguém mais na classe vale a pena. Para ela, ao menos, o único capaz de tirá-la do sério é o campeão de *skate* Diego Moreira, que já é da Vera. Depois vem o Raul, campeão de basquete, que de todo modo já é da Ingrid. Em terceiro lugar, considera o Gerson, campeão de *rap* e capoeira, um tanto baixote, mas ultra-atlético e sensual, que de qualquer forma já é da Natália. O resto, a seu ver, é molecada debiloide, retardada e infantil.

Cobiçar quem tem dono, de repente, torna-se um dilema na turma. De uma hora pra outra, quem não namora cisma de achar difícil isso acontecer, e aí prefere ir vivendo só, do jeito que vai, a viver mal acompanhado. As meninas justificam essa opção dizendo: "Tá doido? Namorar alguém da classe só se for um dos três atletas que nós sabemos quem são, e olhe lá".

"Os três atletas que nós sabemos quem são" chamam-se Diego, Gerson e Raul, e a razão foi a vitória do

Urbano nos últimos jogos intercolegiais, que os consagrou como os "heróis do ouro", tanto no futebol quanto no basquete. Desde então, as meninas do nono ano confessam sem acanhamento: "Minha amiga, por um dos atletas até me abalo". Às vezes bancam as fãs histéricas, como outro dia, no vestiário do ginásio.

Nesse dia, pouco antes da ginástica, Salete entrou no vestiário das meninas trazendo por engano a mochila do Diego, que é igual à dela. Calhou de, nesse momento, Vera, Ingrid e Natália estarem lá pela biblioteca. Pensam que Salete se preocupou em destrocar a mochila? Promoveu foi verdadeira festa de alisá-la e apertá-la com as colegas. Por sorte, os basculantes emperrados do vestiário abafaram os berros de "agora eu! agora eu!" que a disputa pela mochila provocou. As meninas que conseguiram abraçar a peça, dançar, rebolar, rodopiar com ela, só faltaram desmaiar depois.

Pior que entre os meninos algo semelhante acontece. Basta consultar cada um sobre o que pensam das colegas, e a maioria dirá: "Tirando as gatas que têm dono, o resto é triste". Vale lembrar que, aí, não tem ninguém proibido de namorar antes dos dezesseis anos. O excesso, quando existe, pende para o lado oposto, como Jaime bem sabe, por sofrer nas mãos do pai, que vive cobrando: "Cumé, rapaz, precisa namorar".

Jaime pode estar tocando guitarra, no instante supremo da inspiração, não importa... vem o pai, interrompendo seu solo como mensagem gravada ao telefone: "Cumé, rapaz, e a namorada? Quando vai me apresentar?".

É massacrante. Outro dia, Jaime não aguentou e acabou falando:

— Não apresento, porque a gente namora escondido. A mãe dela não deixa ela namorar antes dos dezesseis anos.

— Ah, bom, então vai com calma — disse o pai. — Como é o nome dela?

— Débora.

— Bom, então vai devagar, mas vai firme. Bonito nome: Débora. Sim, senhor, gosta das difíceis, hein?

— Os pais da Débora são desses antigões, superprotetores. Sabe como é, tenho de respeitar. A Débora também é religiosa pra caramba.

— Claro — torna o pai, retirando-se.

Daí por diante, parou de importunar o filho. De vez em quando pergunta: "Como vai a Débora?", e Jaime responde: "Legal".

Pode ser que, em breve, as perspectivas namoradeiras do nono ano se alterem. Por enquanto, o quadro é o seguinte: de trinta e seis namoráveis, apenas seis namoram: Diego com Vera, Gerson com Natália e Raul com Ingrid. De trinta desparceirados, que levam a vida numa boa, embora com leve inveja dos que namoram, dezessete são meninas e treze são meninos. Sabemos o que as dezessete pensam dos treze e vice-versa. A novidade, por enquanto, é que a coisa desandou geral, desde a famosa briga em que o solteiro Isac chamou a solteira Ana de "encalhada".

— Mil vezes encalhada do que vagal — rebateu Ana na bucha.

— Vagal?! — virou Isac. — Cê se julga sabida, por acaso? Sabidas na nossa classe só Vera, Ingrid e Natália, minha irmã, o resto é bando de frustradas.

— Pois somos mesmo — retrucou Salete. — O sonho da gente é encontrar uns atletas como o Diego, o Gerson e o Raul. Mas cadê? Nem sombra à vista.

Estranho fenômeno Diego e Vera, Raul e Ingrid, Gerson e Natália brilharem no nono ano como estrelas que ofuscam os reles mortais abaixo delas. Cintilarem como astros de Hollywood rodeados de fãs que os idolatram, num grau em que não percebem outros valores. Fãs que adorariam ser como seus ídolos: bons, bonitos, bem-sucedidos em tudo o que fazem, seja no esporte, no estudo ou no amor.

O último trabalho que a equipe I apresentou, sobre a emancipação das mulheres, foi de arrasar com o resto da turma, de tão bom. Na apresentação oral, Diego entrou em classe de saia longa e subiu numa cadeira, carregando uma placa a favor do voto feminino. Depois, Vera entrou e contou a história de como as mulheres indígenas, negras e brancas viveram no Brasil, até o tempo em que puderam estudar, trabalhar fora, publicar livros sem precisar de autorização de marido, e votar nas eleições. Em seguida, veio Raul, trazendo um cartaz cheio de dados sobre a participação da mulher no mercado de trabalho. Aí, Ingrid falou sobre as conquistas das mulheres no século XX. Por fim, veio Gerson, agarrando Natália pelos cabelos, jogando-a no chão, fingindo bater bastante nela, dizendo que ia embora, que não aguentava mais as crianças que ela punha no mundo, e quando Natália suplicou para ir junto, ele falou que lá aonde ele iria só queriam moças de "boa aparência", "não uma fulana desdentada como tu!". Nesse momento, Natália levantou-se e falou dos problemas da violência contra a mulher, que ainda persistem na atualidade, envolvendo questões de gravidez precoce, prostituição de menores, dificuldades de estudar e sair da favela, questões que afetam sobretudo as mulheres negras e as de baixa renda do país. A encenação do Gerson foi tão legal, Natália comoveu tanto a plateia, que no final foram aplaudidos, e Dona Iolanda até exclamou: "Eta, meninas sabidas, atletas feras!". Não imaginava os problemas que a equipe I enfrentava.

A HORA DA VERDADE

— Tudo tem limite — resmunga Vera, acendendo o forno do fogão e logo apagando, por se lembrar que pipocas de micro-ondas são para micro-ondas.

— Passaram das medidas, pera lá! Juraram que iam trabalhar com a gente ontem, a gente toca a esperar, não apareceram. Hoje de manhã, juraram de novo que a parte deles tava pronta, que iam mandar por *e-mail*. Cadê? Mandaram um beijo e o recado de que vinham à tarde, duas horas, pra discutir uns pontos antes de passar a limpo. Vieram? Passaram a limpo droga nenhuma! Vieram agora, às sete da noite, depois que a gente já fez tudo, como das outras vezes. Assim não dá mais!

— Pra mim, o cúmulo foi ontem, deixarem a gente esperando até tarde, a ponto de Natália e eu termos de dormir aqui, quando estavam na inauguração da *Teen*balaia — diz Ingrid, espremendo laranjas. — Só não sabem que minha prima, que é noiva, também foi na balada e viu tudo. Disse que o Raul dançou de rosto colado com uma lá. Acontece que pra ele dançar de rosto colado, a menina devia ser quase da altura dele, não tampinha como eu!

— Tua prima também não viu o Gerson agarrado numa baixinha que alisava o cabelo dele? — lembra Natália. — Uma baixinha, minha filha, como ele sonha ter, não uma jamanta de metro setenta e sete como eu!

— É — fala Vera —, mas nada se compara com Diego vomitando toda a cerveja que bebeu, de acordo com o que tua prima contou. Quis botar banca de mais velho e pensa que beber é sinal de maturidade. Deprimente.

Retira do micro-ondas as pipocas prontas e se senta com Natália à mesa da copa, para onde Ingrid leva a jarra de laranjada.

— Cadê os rapazes? — pergunta a mãe de Vera, entrando pela porta dos fundos.

— Dei um chega pra lá neles — a garota informa.

— O que foi que houve? — torna a mãe, colocando a bolsa na bancada da pia.

Vera, então, conta, de uma tacada só:

— Já é o quarto trabalho de equipe em que as belezocas não movem uma palha! No primeiro, vá lá, foi quando comecei a namorar o Diego, nem reparei que eu fazia tudo e ele, nada. Tudo bem, culpa minha, habituei mal. Mesma coisa Ingrid e Natália, com relação a Gerson e Raul. No segundo trabalho, sobre a aids, lembra?, também achei natural fazer mais do que eles, porque você é médica, deu material, ajudou. No trabalho sobre a condi-

ção da mulher, juro, pesquisei pra caramba, Ingrid e Natália dormiram duas noites aqui em casa, pra gente estudar mais, preparamos uns cartazes superlegais, ensaiamos as falas uma na frente da outra, várias vezes, pra ficar perfeito. Enquanto os garotos (quando vinham!) ficavam no escritório cinco minutos, diziam que iam esticar as pernas outros cinco, e ficavam lá embaixo andando de *skate* duas horas. Grande contribuição! Acredita que só ensaiaram a apresentação oral com a gente na véspera da apresentação? Pois foi! Sorte que deu tudo certo e a gente tirou dez. Dona Iolanda acha que eles são feras. Todo mundo na classe acha que eles são fantásticos. Claro, é maravilhoso viver no *skate*, no futebol, no basquete, na capoeira, no fliperama (põe fliperama: pif-paf-tec-tin-plin-tron-poing!), não estudar bulhufas e faturar dez direto nas notas! Acontece que essa tremenda façanha é a maior fraude.

— Boa hora de acabar com ela e cobrar empenho — avalia a mãe de Vera, servindo-se de laranjada.

— Já cobramos, só que piorou — diz Ingrid. — Porque, até ontem, eles ainda eram uns vagais legais.

— Hoje são o quê? — interrompe a médica.

— Uns nojentos que exploram a gente e ficam com outras nas nossas costas.

Vera esclarece:

— A prima da Ingrid flagrou os três ontem, na matinê da inauguração dessa casa noturna que abriu aí com os fliperamas mais sensacionais que existem no planeta.

— Enquanto a gente dava duro, adiantando o próximo trabalho pra Dona Iolanda — segue Natália —, eles estavam lá, se agarrando com outras! A garota disse que Diego vomitou toda a cerveja que bebeu, até desmaiou.

— Que perigo! Podia ter entrado em coma alcoólico — vira a cirurgiã, sondando espantada: — Na matinê servem cerveja?

— Parece que foi só na inauguração, porque tinha adultos.

— Mesmo assim. Como é que um estabelecimento comercial, em uma matinê destinada a menores, faz isso? Essa história está mal contada.

— Vai ver não permitiu bebida dentro, Diego encheu a cara fora... O negócio é que nossos namorados fingem que estudam, fingem que são mais velhos pra beber, fingem que gostam da gente — Natália desabafa. — Me iludi, de idiota que sou, crente que o Gerson topava eu ser mais alta que ele porque me amava.

A mãe de Vera então pergunta:

— Querem minha opinião?

As meninas fazem unidas um "sim" decidido com a cabeça.

— Acho que a hora da verdade chegou.

Se vomitou? Diego não se lembra. Depois da quarta cerveja, tudo apagou. Também, foi a primeira vez que bebeu de verdade. De cerveja, até agora, só tinha provado do resto das latas que os pais tomam, nos almoços de fim de semana. Por que não maneirou? Vai ver queria ficar de fogo. Pablo sempre comenta os porres dos colegas como algo bacana. Vai ver quis saber como é ficar de porre. De qualquer forma, acordou novinho em folha. Essa história de que porre dá ressaca com ele não cola. Acordou ótimo, tomou café, ouviu calado a bronca dos pais e foi se encontrar com Raul e Gerson no *skatódromo*. Dia de final, no campeonato do parque, tinha boas chances de se sagrar campeão. No momento da partida, ameaçou uma quebrada que só ele percebeu, daí se aprumou e deu o *show* que sabe dar. Foi bom demais! Ganhou o vice. Deixa pra lá.

À tarde, a vitória no futebol compensou. Raul, de goleiro, de repente ainda é melhor que no basquete. Quer dizer, é craque nos dois, mas é mais de barrar a bola do que de fazer a bola entrar. O barato do Gerson é a finta. Arte de capoeirista e *rapper* no sangue. Depois da vitória suada, foram ao hambúrguer com fritas e refrigerante antes de enfrentar a sessão de estudo no apê da Vera, que ninguém é de ferro.

Vera só serve limonada e pipoca. Tudo bem, tinham de ter ido depois do almoço, e se esqueceram de avisar do jogo. Tinham de ter enviado o texto por *e-mail*, e não enviaram. Pô, mas qualé? Todo mundo sabe que esporte desenvolve a saúde mental e física das pessoas. Então, se praticam o que é bom, as meninas deviam ajudar. Quem ama ajuda, não rói a corda, não barra entrada no prédio com recado besta, que "atraso tem limite, traição tem limite, tudo tem limite, tratem de se virar".

Diego vai pela ciclovia do parque, com Gerson e Raul. Caminham vagarosos, mochilas e *skates* dependurados nas costas, troncos inclinados para frente, como se o peso das preocupações os impedisse de deslizar sobre rodas. "E agora?", perguntam-se no íntimo, até Raul atinar com uma resposta pessoal, e externá-la, dando o braço a torcer:

— Agora a gente tá lascado! Vai ser zero redondo no próximo trabalho.

— Também não é assim — Gerson diz, tentando enxergar uma luz no fim do túnel. — Vamos pegar um almanaque desses, copiar qualquer coisa sobre a discriminação e mandar pras garotas. Só tão querendo que a gente trabalhe um pouco mais, faça a parte da gente.

— Será? — considera Diego, seduzido pela ideia, até repensar, desanimado: — Acontece que a Vera não brinca em serviço. Se disse "virem-se"...

— Tamos lascados — completa Raul, ar de derrota estampado no rosto.

— Ih, cara, desencana — fala Gerson, esquivando-se, como para se proteger de maus fluidos.

Entre pensar e repensar, Diego reflete mais otimista:

— É. De repente a bronca foi só pra intimidar. Amanhã a raiva passa, elas sentem saudades da gente e fazem as pazes. O chato é que a gente vai ter de se enquadrar na delas um tanto. Azar! Aí a gente se enquadra e pronto, tudo volta ao normal.

— Se não voltar? — Gerson indaga.

— Aí a gente vê — fala Diego, lançando o *skate* na pista e zarpando nele.

— A gente vê que tá lascado — teima Raul.

O domingo corre sem novidades e também sem que os membros da equipe I se comuniquem. Resistindo ao convite do dia magnífico, de brisa amena e céu aberto, os atletas amargam plantão em casa, ao alcance dos telefones, esperando um "oi" amigo, um papo qualquer das namoradas.

Quando a noite cai e, à medida que avança, vai liquidando as esperanças do "alô" ansiado. Raul já não é o único a ruminar consigo: "Tamos lascados". Diego e Gerson tampouco se iludem quanto ao tamanho da avalanche desabando. A essa altura, nada segura a derrocada. O trabalho em grupo despenca no abismo e junto vai indo o namoro...

Rompimento

Durante a aula de Dona Iolanda, uma vontade louca toma corpo, vontade que Vera tenta sufocar a todo custo, querendo antes conversar com Ingrid e Natália. As três combinaram de só reatar com os vagais no caso extremo de produzirem serviço, e serviço de qualidade, o que é meio difícil. Dessa vez, mero pedido de desculpas, mesmo que cheio de "te-gostos" e "te-adoros", negativo.

As horas que as três gastaram recortando fotos, criando cartazes, lendo artigos e mais artigos sobre preconceito e discriminação eles vão ter de gastar também. Vão ter de descobrir sozinhos o que é "ação afirmativa", Lei Afonso Arinos, liberdade de crença e tudo o mais. Se nada fizerem e na hora da apresentação ficarem mudos, o problema é deles. Vera não se importa que a equipe I se desmoralize. Importa que a hora da verdade chegou.

Dona Iolanda precisa saber quem anda ganhando nota de graça, como belo presente de Papai Noel. Descobrir quem anda fingindo que trabalha sem trabalhar, quem, portanto, anda mentindo, porque isso de entregar dever que o outro fez é mentir.

Vera não entende por que cargas-d'água é o segundo namorado que lhe faz pagar o pato. Quando estava no oitavo ano, namorou o porcaria do Cândido, uns quinze dias, até perceber que ele fazia as provas com camisa de manga comprida porque enchia os braços de anotações. O pai da Ingrid sustenta que colar, copiar, plagiar é crime de falsidade ideológica. O que tem ela, Vera, que só namora "criminosos"?

A hora da verdade promete ser dura, sabe disso. Revelar a verdadeira face dos atletas não é só mostrar que na equipe I as meninas dão duro enquanto os garotos andam de *skates*, acionam botão de fliperama, lutam capoeira, jogam bola e, nos intervalos, namoram. É também admitir que elas protegeram as "belezas". Dona Iolanda vai ter um ataque quando souber que Ingrid escreve as redações do Raul e que Vera também foi autora de uma, em que o Diego tirou nove. Mimaram os queridinhos, sim, fizeram deveres para eles. É o mesmo que passar cola, mentir, incentivar o crime de falsidade ideológica. Então, Vera é cúmplice, é "criminosa" também. Mas ao menos se arrependeu.

Pior que, além de dura, a hora da verdade será um vexame. As outras equipes vão cair matando porque os atletas vão cair do cavalo. Ódio, raiva, injúrias, tudo pode acontecer. Desde solteiros tomando as dores das exploradas às encalhadas pensando: "Poxa, não podiam resolver a situação no papo? Precisavam entregar os atletas na frente de todo mundo?". Vera já vê as tietes da classe consolando o Diego no fim da aula.

Azar, é o preço. Lamenta que a apresentação oral não seja agora, que ela arde de vontade de falar. Chato alimentar mais dois dias o fiapo de esperança de que, entre hoje e amanhã, os vagais vão se emendar. Fiapo vão e agonizante, que prefere matar de vez. Daí a vontade de abrir o jogo, botar as cartas na mesa. Vontade tão forte que, quando percebe, já fala:

— Professora...

— Sim?

— É sobre os trabalhos de equipe. Dava pra mudar a composição dos grupos?

Um rumor de "hã?" atravessa a sala, proferido em coro pelo espanto de Diego, Gerson e Raul. Dona Iolanda pergunta, intrigada:

— Por quê? Está dando certo, a equipe I está indo bem.

— Justamente, esse é o problema.

A declaração imobiliza a classe, jogando-a num silêncio típico de momento de prova, quando, questões distribuídas, os alunos em massa se concentram. Vera, hesitante, começa a estalar as falanges dos dedos. Dona Iolanda a encoraja a falar:

— Qual é o problema, vamos lá...

Nesse aguardo, os alunos parecem estátuas. Sequer piscam. Vera, então, enche os pulmões de ar e diz, bufando:

— Vamos... Sim... É que a equipe I rachou de vez e quer se separar.

O revelado faz com que encalhadas escancarem as bocas e troquem olhares maliciosos umas com as outras, enquanto solteiros batucam carteiras, uivando, assobiando, soltando gracejos, como fogos de artifício:

— Uau, o casal vinte brigou!

— Acabou-se o que era doce, quem comeu "se regalou-se"!

— Vem pro nosso grupo, Verinha!

— E eu, que pensava que a equipe I fosse um mar de rosas...!

— Ui, ui, pan-pan-pan-ran-pan!

Em meio à zoada, Diego vira-se para Vera:

— Ficou maluca?!

Ingrid e Natália cochicham entre si, no que Dona Iolanda, cansada de gesticular pedidos de calma, de repente, esbraveja:

— Assim não dá! Vamos conversar como gente civilizada!

Logo que a turma se aquieta, vira-se para Vera e pergunta:

— O que está havendo?

— Está havendo que na nossa equipe só três pessoas trabalham.

— Mentira! — dispara Raul, furibundo. — Quem paga cartolina pra cartaz? Quem carrega cartaz? Quem empresta gravador de pilha?

— Você é o que menos trabalha — devolve Vera, na mesma moeda. — Não pesquisa, não abre um livro, não escreve uma linha!

— Pô, Vera, pega leve — sussurra Ingrid.

— Mas é verdade! — torna Vera, dirigindo-se a Dona Iolanda. — No último trabalho, sobre a condição da mulher, só fizeram ensaiar com a gente na véspera da apresentação. O que mais fizeram foi andar de *skate* o tempo todo. Pergunta se colheram material, leram, discutiram, escreveram alguma coisa? Agora mesmo, pro trabalho dessa semana, sobre a discriminação, já fizemos *quatro* reuniões em minha casa. Pergunta se Diego, Gerson e Raul vieram a alguma? Sexta passada, juraram que vinham e não vieram. Foram a uma festa. Sábado, a gente esperou a tarde inteira e, mais uma vez, deram bolo.

— Que mentira! — corta Gerson, mãos na cabeça, a explicar para Dona Iolanda: — A gente foi lá, só que o porteiro barrou a gente. Disse que tinha ordem de não deixar a gente subir.

— E tinha mesmo! — confirma Vera, inflamada. — Porque era pra vir às duas da tarde, não às sete da noite, depois que as idiotas aqui fizeram tudo! Não, meu filho, não tô mais pra aturar bolo! Nem pra vender barato meu miolo!

— Calma — torna a mestra. — Qual é a sua proposta, Vera?

— É de eu, Ingrid e Natália apresentarmos um trabalho nosso, sobre a discriminação, e Diego, Gerson e Raul apresentarem outro deles, com nota separada.

— Boa saída — diz Dona Iolanda, consultando a turma: — Todos concordam?

Após uns segundos, em que ninguém se manifesta, Débora fala:

— Pra mim, tudo bem, só que na equipe III, que é a minha, o Leo também é um zero à esquerda.

— E na nossa — vira Salete — não dá pra contar com o Isac e o Germano.

Vendo que os mencionados se agitam nas carteiras, Dona Iolanda retoma:

— Esperem um pouco. Antes que isso vire guerra dos sexos, vamos ouvir os acusados. Como é, rapazes, alguém mais quer apresentar o próximo trabalho em separado? Ou, dessa vez, já que está em cima da hora, deixamos só Diego, Gerson e Raul?

— Deixamos só Diego, Gerson e Raul — respondem os garotos.

Seria cansativo contar quantas vezes Raul disse que estavam lascados desde que chegou com Gerson à casa de Diego depois das aulas. Não menos maçante seria ouvir Gerson matraquear que está perdendo a capoeira dele, só porque Vera roeu a corda. Diego concorda que foi sujeira dela virar a mesa no meio do jogo.

— Custava me dar uma chance?

— Mais uma? — cutuca Pablo, vindo com uns livros, que põe na mesa de jantar.

A par do rolo que houve na classe, dispôs-se a ajudar irmão e colegas a improvisarem um texto qualquer sobre a discriminação. Um texto mínimo, para livrar a cara, já que nem gênio fabrica obra-prima da noite para o dia. Portanto, avisa:

— Vou doar a vocês meus dez por cento de inspiração, já que os noventa por cento de transpiração necessária a um produto decente não dá mais. Aviso que cobro dez reais por *paper*. Quem topar, topou.

Momentos antes, quando Diego lhe expôs a sinuca de bico em que estava, Pablo pensou com seus botões:

"Bem feito, pra aprender". Afinal, ele, Pablo, há um ano não namora, não se diverte, não faz nada, preparando-se para o vestibular. Então, quer dizer que Diego vive na flauta e tira dez direto? Exultou no íntimo, vendo que o irmão não é o suprassumo que imaginava, a perfeição da natureza, e ele um alienígena fracassado, que cismou de ser advogado não sabe para quê. Aliviado de sentir-se mais normal do que pensava, resolveu ajudar mano e cupinchas a descolarem o *paper* de que precisam para o dia seguinte, cobrando apenas um valor simbólico. Aproveita que está por cima e diz ao irmão:

— Mais uma chance, mais uma chance, toma tento, cara. Tudo tem limite. A Vera não engrossou antes porque tinha um limite de tolerância. Todo mundo tem. Com o abuso que cê aprontou, o limite estourou. O jeito foi te despachar com um recado educado: "atraso tem limite, traição tem limite, virem-se, *bye*, *bye*". O *paper* é sobre o quê?

— Discriminação.

— Com *e* ou com *i*, ponto-chave a resolver. Porque em português, muita palavra pronunciada com *i* se escreve com *e*. Por exemplo: "pendurar". A gente diz "pindurar", mas, na verdade, "pendurar" se escreve com *e*.

— Também pensei nisso — diz Raul. — A gente fala "disgraçado", mas o certo é "desgraçado", com *e*. Então, penso que o certo é "descriminação".

— De pensar morreu um burro — continua Pablo. — Melhor apurar. Anda, Diego, vê aí no dicionário.

Diego consulta o dicionário na mesa, entre os livros que Pablo trouxe.

— Aqui tem "descriminar: absolver de crime; tirar a culpa de; inocentar. 2. *Jur*". Que que é isso *Jur*?

— Linguagem jurídica — diz Pablo.

Diego prossegue, lendo o verbete:

— Diz também: "excluir a criminalidade ou antijuricidade de (um fato)", pá-rá-rá... "Cf. discriminar". Que que é Cf.?

— Deve ser "considera-se falta" — propõe Gerson.

— Ou "conferir" — Pablo opina, determinando ao irmão: — Rápido, confere aí.

— Confere aí, confere aí. Pô, a dez reais cada *paper*, confere você, ora bolas! Acha barato um real por linha? Anda, descola dez linhas pra mim, dez pro Gerson, dez pro Raul, depois digita tudo bonitinho, que a gente vai ver o Brasil x Islândia na tevê.

— Então é pra escrever sobre a descriminação com *e*?

— Isso, descriminação do negro, das mulheres, dos *gays*, essa coisa de achar que o cara é criminoso só porque tem olho puxado, nariz bolota, voz esquisita.

— E se a minha opinião for diferente da de vocês?

— Não vai ser, porque a gente vai concordar com tudo que você escrever.

— E se descobrirem a jogada, quem assume a culpa?

— Pô, Pablo, eu assumo!

— E Deus? Não se incomodam com Deus?

— Pra tua informação, dia de jogo do Brasil, Deus perdoa — Diego encerra a conversa.

O azul do céu despontou lavado, desempoeirado, avivando a confiança dos atletas essa manhã. A seu comando, o Sol subiu pela floreira de gerânios, pulou a janela e caiu no chão, bem onde Gerson e Raul dormiram a noite, em colchonetes. Ao se abeirar da cama de Diego, acordou-o. Esperou do lado de fora, até que os colegas se levantassem, se aprontassem, tomassem café, e com eles rumou para o colégio.

— Não — cogita Diego, durante a aula de matemática —, ninguém no céu está com raiva de mim — e tende a crer que aqui na Terra em breve ninguém estará. Põe fé na piscada de olho que detonou sobre Vera, entrando na classe. Pelo modo como ela mordeu o lábio e fingiu ignorá-lo, calcula ter trincado a armadura que ela se impusera desde que resolveu desmascará-lo.

— Vai dar tudo certo — fez ver aos amigos, no café da manhã.

Tudo indica. No dia anterior, o gol do Brasil no segundo tempo tinha recuperado seu astral. Hoje, no que o Sol invadiu o quarto como um moleque travesso, Diego sentiu-se todo garra e energia. O *paper* encomendado a Pablo saiu melhor que a encomenda: em vez de dez linhas, Pablo soltou onze, intercaladas de uns desenhos. Dona Iolanda iria adorar.

Admite que a manobra não é a mais correta, tanto que só pretende recorrer a ela uma vez. Tem consciência, como Gerson e Raul também têm, de que ou largam a boa-vida ou adeus projeto de cursarem Educação Física e virarem técnicos de seus esportes favoritos. Acontece que da maneira como Vera puxou o tapete deles, cadê condições de estudar, pesquisar, pôr as ideias em ordem? Ainda mais em noite de amistoso na tevê. Tinham de assistir ao jogo, claro, até como investimento na futura carreira. Daí que Pablo foi a solução encontrada, naquelas circunstâncias.

No café em casa, Diego lembrou também que, por enquanto, não precisavam se preocupar com nota:

— Se nossa média na Dona Iolanda é dez, até com zero a gente passa.

Mas garantiu que passarão folgado:

— O Pablo tem um texto legal — assegurou. — As sabidas vão ver que a gente não é bagaço de se jogar fora.

O papo de Diego ajudou Raul a se achar menos lascado. Ajudou-o, sobretudo, a entender que pensamento positivo, naquele momento, era indispensável. Em verdade, o que supera a compreensão de Raul é o motivo de ter de estudar altas matemáticas, gramáticas, informáticas, problemáticas disso e daquilo, quando quer apenas ser treinador de basquete. Adianta sofrer para escrever bem, com elegância, clareza, beleza, se não quer ser escritor? Adianta amargar livro maçudo, se não quer ser leitor? Inglês, pelo menos, é útil, já que, viajando mundo afora com os jogadores da Seleção, terá de explicar cá e lá: "*Hey, I'm the coach. Who do you think I am?*".

Bendito *paper* o que o Pablo aprontou! Raul reconhece que é péssimo em encadear frases como a Dona Iolanda pede. Pede? Diz que no texto dissertativo é imprescindível. A mulher reprime o estilo dele o tempo todo. É tão preconceituosa que sempre rabisca mais as redações dele do que as da Ingrid, mesmo sendo Ingrid que escreve as dele. Ainda bem que Diego está cheio de razão — pensamento positivo. Com o *paper* de Pablo em mão, vão dar a volta por cima.

Gerson lê e relê o *paper* do Pablo, tentando decorá-lo. Dentro de instantes, tenciona apresentá-lo em forma de *rap*, com ginga, ritmo, passos de acrobacia. Chega de apresentação oral em que o aluno imita professor dando aula, exibindo cartazes, fichas, apostilas. A turma gosta é do espetáculo. Desconfia que metade das palmas recebidas no final do trabalho sobre a condição da mulher foram dedicadas à *performance* que ele deu naquele dia. Injusto dizer que não faz nada.

Concorda que esquentar cadeira, virar página de livro, anotar frase de livro, mudar frase de livro (para despistar que copiou), ordenar as frases mudadas no rascunho, reordenar, passando a limpo, e tirar conclusão dessa ordenação toda não é com ele. É com as sabidas. Seu negócio é expressão corporal, interação com a plateia: fazer caras, imitar vozes, gesticular, animar auditório. Às vezes pensa que, além de capoeirista e técnico de time de futebol, gostaria de ser ator.

Eis chegado o momento em que a equipe I, dividida, apresenta à classe o resultado de suas pesquisas. As sabidas, como sempre, brilharam, estabelecendo a diferença entre a discriminação positiva e a negativa, mostrando que enquanto uma é necessária à perpetuação da vida, a outra lhe é nociva, podendo até acabar com ela:

— Distinguir traços diferentes é uma operação vital; usar diferenças de traços físicos como critério para punir é uma operação fatal — concluíram.

No que retornam às carteiras, espraiando no rosto o sorriso satisfeito do dever cumprido, os atletas se encaminham à frente da sala com segurança no andar. Entre os demais solteiros e encalhadas, a expectativa é grande. Dona Iolanda sentou-se numa cadeira da primeira fila, ar mais sério que de costume. Parece concentrada até a raiz dos cabelos, como um membro de júri antes de dar a sentença. Afinal, diante da denúncia de Vera de que os malandros são uma fraude, toda cautela é pouca, em se tratando de evitar prejulgamentos. Assim, é toda ouvidos quando Diego começa:

— Nosso trabalho é dividido em três partes: a primeira fala da descriminação do negro; a segunda, da descriminação da mulher; e a terceira, da descriminação em geral como um problema nacional.

— Um momento — Dona Iolanda interrompe. — A descriminação de que fala é a discriminação?

— Não, não, é a descriminação mesmo, como está no dicionário.

— Discriminação também está — a mestra adverte.

— Sim, mas a gente preferiu escolher a vertente menos batida.

— Bem, vai em frente.

Diego pigarreia e lê pausado o *paper* que tem em mão:

— A descriminação do negro no Brasil, por enquanto, é um sonho no horizonte distante. Basta entrar numa cadeia nacional (e aqui cadeia é usada no sentido de penitenciária, não cadeia transmissora de rádio ou televisão) para compreender que descriminar todos os negros que estão presos é problema de grandes proporções. Não se sabe ao certo por que motivo há tantos negros nas prisões. O fato é que há. Por isso, transformar o criminoso negro em réu primário, quer dizer, transformar o negro preso num cidadão inocente, sem ficha na polícia, é um dos grandes desafios da sociedade brasileira. Conclusão: mais importante que descriminar o negro é impedir que cometa crimes.

Finda a leitura, Diego se afasta para o lado, enquanto Raul assume posição de centro na frente da sala e lê o seu trabalho:

— Pretendemos demonstrar que a descriminação da mulher, entre nós, vem progredindo. No Brasil, historicamente, o homem mata a mulher que o trai e depois é descriminado facilmente, quando prova que matou a traidora em defesa da honra. Da mesma forma, o estuprador, muitas vezes, é descriminado, só em jurar que foi a mulher que o fez cair na tentação. Mais difícil tem sido descriminar a mulher, até porque, historicamente, ela tem sido menos atuante como criminosa. Sabemos que a sociedade patriarcal nacional produziu mais criminosos do que criminosas. Bem, para mostrar como a descriminação da mulher, entre nós, vem progredindo, basta lembrar o caso dessa presa que passou vários anos na prisão, condenada por matar uma atriz de novela, e agora foi solta, por bom comportamento. Agora está com a ficha limpa, quer dizer, foi descriminada. Pelo exposto, demonstramos que a descriminação da mulher no Brasil vem progredindo.

É a vez de Raul recuar e ceder espaço para Gerson, que entra em cena com o molejo do Michael Jackson, cantando:

— A des-cri-mi-na-ção é o problema da nação,

Declarar que crime não é crime é esperteza de barão.

Sabem o que é des-cri-mi-na-ção?

Des-cri-mi-na-ção, meu irmão, é um jogo praticado pela elite da nação.

Sabem o que é a sustentável leveza do crime?

Sustentar que crime só é crime quando e onde bem convém.

Sabem o que é in-cri-mi-na-ção?
Cri-mi-nar o pé-rapado só porque roubou um pão.
Só porque o esfomeado carregou com a sacola,
Tragam logo o camburão!
Qualé, seu Juiz, me des-cri-mi-na,
A gente sabe que no Brasil nem todo crime in-cri-mi-na.
No Brasil há muito crime livre e solto por aí.
Crime doloso, crime culposo, de gravata e colarinho.
E como o aumento da criminalidade mata a paz e a prosperidade,
O Brasil só terá solução, quando des-cri-mi-nar todo cidadão.

Mal Gerson se cala, Dona Iolanda pula num rompante de sapa e anuncia:

— Acabou! A partir de hoje, acabaram-se as atividades em equipe nesta turma!

— Ah, professora...! — reclama o vozerio geral.

— Acabou! — repete a mestra, ceifando o ar com os braços, para ilustrar a ideia. — Pensei que a realidade fosse uma, quando é outra — acrescenta. — Pensei que fosse bom desenvolver entre jovens o espírito de equipe, mas com vocês não funcionou.

— Não gostou do trabalho da gente? — arrisca Gerson.

— Gostar, gostei, apesar de terem fugido do tema. Fizeram uma salada que nem sei. Estou caindo das nuvens, caindo, caindo, caindo...

— Rápido, uma cadeira! — acode Diego, alarmado.

— Não! — estrila Dona Iolanda. — Quero cair de pé!

Pede, em seguida, que os atletas se sentem e continua:

— Imaginei a equipe I de um jeito, quando é de outro. Sim. Obrigada, Vera, Ingrid, Natália — aponta as referidas. — Obrigada por me mostrarem a realidade. Pensei que as equipes trabalhassem unidas nas tarefas que eu dava. Mas vejo, pela diferença semântica que separa a descriminação da discriminação, que a pesquisa dos garotos não se entrosou com a de vocês. Vejam! — dirige-se, agora, ao conjunto da turma: — As dez laudas que as meninas da equipe I me entregaram e a apresentação oral que fizeram mostram claramente que elas se aplicaram ao dever que eu dei. Já os meninos da mesma equipe trouxeram reflexões mais breves e de outro teor. Quando falaram em descriminação, pensei comigo: "estão por fora" e até confesso que julguei: "fizeram isso de qualquer jeito". Depois, acabei achando interessante a relação que se estabelece entre descriminação com *e* e discriminação com *i*. A gente aprende a não confundir esses termos, quando confundir diz tanto! Então, entre a discriminação das meninas e a descriminação dos meninos da equipe I, que diferença de pensamento e atitudes! Que diversidade de estilos e percepções! Pois eu estava suprimindo toda essa riqueza e variedade ao reduzir as vozes de trinta e seis cabeças a seis discursos apenas. No fundo, talvez, e aqui já me culpo e peço desculpas, em razão da lei do menor esforço, para ter menos trabalhos para corrigir. Enfim, no que toca a essa parte, me penitencio. Como sabem, errar uma vez é humano, errar duas vezes é...

— Urbano! — completa a turma, gritando.

— Mas aprendi a lição. A partir de hoje, acabaram-se, aqui, trabalhos em dupla, em trio, em quatro, em cinco

ou em seis. Quero enxergar o potencial, a individualidade de cada um. Obrigada, Diego, Gerson, Raul. Vocês me abriram as portas do pensamento, fizeram-me enxergar muita coisa. Então, a meu ver, Vera, Ingrid e Natália merecem nota dez, pela pesquisa primorosa, bem informada e fundamentada que apresentaram do tema proposto, e vocês levam cinco, pelo esforço original de reflexão. Tudo bem?

Gerson responde, rodopiando nos calcanhares como um pião, enquanto Diego e Raul desferem socos para o alto, em sinal de vitória.

— Cinco tá bom demais! — fala Gerson, batendo, alegre, mãos com Diego.

Dona Iolanda, de seu lado, comenta com Gerson:

— Bom saber que há um *rapper* na classe. Qual dos três compôs o *rap*, você?

— Não, foi o Pablo, irmão de Diego — conta Gerson.

— Como assim? — vira a professora, mostrando contrariedade.

No que Gerson se atrapalha e abaixa a cabeça, Natália solta:

— Ai, que horror! Ainda fui namorar um cara desses!

Nesse instante, labaredas faíscam dos olhos de Diego, rajadas de balas virtuais disparam dos de Raul, em todas as direções. Entretanto, como a munição é pouca e logo se esgota, ambos seguem Gerson, abaixando as cabeças e varrendo o chão com o olhar murcho. Um silêncio embaraçoso se dissemina na turma.

Mais doído que o zero ganho com a revelação de Gerson foi o sermão que os três ouviram sobre a baixeza e a estreiteza de espírito. Um sermão que terminou assim:

— Vocês foram pequenos e estreitos, entenderam? Pequenos e estreitos, sim.

A mestra encerrou aí. Em seguida, abanando a cabeça com ar tristonho, recolheu a bolsa e o material espalhado sobre sua mesa e saiu da sala com o tocar do sinal.

A seu exemplo, os alunos recolheram pertences e foram saindo, com exceção dos atletas, que permaneceram cabisbaixos em seus lugares.

Vera, ao passar por Diego, murmurou com asco:

— Seu estreito!

O mesmo disse Natália para Gerson e Ingrid para Raul, com uma pequena variação:

— Põe estreito ao quadrado!

No dia seguinte, ao primeiro intervalo da manhã, a piada circulava:

— Sabe o último apelido dos atletas?

— Estreitos? — arriscou Germano.

— Não. Bering, Bósforo e Gibraltar — disse Salete.

Germano seguiu na mesma:

— Diego é o estreito de Bering; Raul, o de Bósforo; e Gerson, o de Gibraltar! — explicou.

O dia D, o da discriminação, atirou o astral de Diego no abismo. O rapaz ainda tentou se aproximar de Vera, cantarolando:

— Nem se despediu de mim, já chegou contando hora, tomou água, foi-se embora, nem se despediu de mim...

Vera deu as costas. Diego apareceu no colégio de pé enfaixado, pulando feito um saci aflito à espera de que Vera lhe servisse de bengala. Vera não deu trela. Terrível acabar namoro desse jeito, mal resolvido. Diego preferia que Vera o xingasse. Dissesse logo: "Além de estreito, você é um lixo, um trapo, um bagaço!". Seria melhor que o tratamento silencioso que vinha dando. Esse ignorar em que grau exato ela o odeia é que o consumia.

O pior, para Raul, é ser agora cada um por si, sem o tal do "todos por um", como no filme dos três mosqueteiros. Vai ter de fazer lição, redação, equação sozinho. Isso, traduzido em miúdos, significa que está lascado. Como deixar de ser vagal e virar *nerd* de repente? Não dá, é impossível! É preciso despressurizar o mergulhador no fundo do mar ou ele morre quando sobe à tona. Então, se Dona Iolanda dissesse: "Amanhã escreva duas linhas sobre isso", na semana seguinte: "Escreva três linhas", dali a outra: "Escreva quatro", aí, sim, seria educativo, e ele talvez sobrevivesse. Mas não. Tirando Ingrid dele, tirou totalmente seu apoio didático. Em vão tenta uma de Diego, cantando atrás de Ingrid, na fila da cantina:

— Felicidade, foi felicidade, sim, pula, pula, coração, saudade que não tem fim...

Ingrid tapa os ouvidos.

"Pequeno e estreito" são pregos entalados na goela de Gerson. Cadê que vai cantarolar, enfaixar pé, piscar ou destilar olhares sutis para Natália? Quer mostrar quem é quem e ponto final. "Natália pensa que é a dona do mundo, mas vai ver." Ele vai achar um meio de botá-la em desvantagem e dominar a situação. Procura que procura um jeito de se valer perante ela, quando, à noitinha, treinando capoeira na academia, ouve tocar na sala ao lado, a da ginástica aeróbica:

Macho, macho man, I wanna be a macho man.

Nesse momento, tem uma ideia.

GUERRA É GUERRA

De repente, em plena aula da Shirley Bell, Natália pula fora da carteira, soltando um grito lancinante e derrubando de sopetão caderno, livro, lapiseira, tudo no chão.

— *What happened*? — pergunta, assustada, a professora de inglês, que é canadense.

— Uma *bourrata* — explica Gerson, enrolando o *r* depois de matar o inseto, pegá-lo pela pata e atirá-lo fora, em fração de segundo.

Nessa fração, vislumbrou em Natália uma centelha de gratidão. Dali a pouco, no intervalo, comenta a façanha com os colegas:

— Elas esnobam a gente, mas na hora da *bourrata* quem é que mata?

Dali a dias, outra barata, maior que a anterior, interrompe a aula de matemática. Gerson, paf, esmaga a ditacuja. Daí a surgirem besouros, lagartas, lacraias, minhocas pela sala, não demora. A Shirley Bell, por ela, anda impressionada com a quantidade de insetos e répteis que há nos colégios tropicais. A coisa vai nisso, quando Natália descobre que Gerson traz os bichos num estojo, que ele abre em cima dela, em geral na primeira aula, que é a de inglês. Sem hesitar, dedura o fato à Shirley Bell:

— *Oh, my goodness, are you sure*?

— Tenho certeza. Vi com meus próprios olhos. Só falta pegar o Gerson no flagrante pra provar.

— Deixa comigo — vira a Shirley.

Desse dia em diante, transforma-se em detector de animais à porta da sala, só deixando entrar quem, em sua presença, esvazia os bolsos, despeja numa cesta o conteúdo da mochila e mostra o que tem dentro da boca. A operação pente-fino retarda a aula de inglês propriamente dita, mas ao menos a protege de fauna indesejada. Já é um progresso. Por quanto tempo Shirley Bell seguirá revistando os alunos, um a um? Lá está ela, no quinto dia consecutivo, folheando um caderno tirado da mochila do Gerson, quando se depara com uma perna de rã seca entre as páginas.

— *Really*, Gerson, quando é que você vai crescer?! — exclama horrorizada. — Isso é *extremely serious*! Quer ser acusado de *bio-terrorism*, por acaso?

— Não, claro que não — responde Gerson, amedrontado.

— Então promete *no* fazer mais esse tipo de *besteirra*? — Shirley Bell impõe.

Gerson promete não repetir a tolice, e de fato cumpre o que prometeu.

A besteira que faz, agora, é começar a namorar Salete, no único propósito de encher Natália de ciúmes. *"Macho, macho man"* —, cantarola seguido, arrematando com ardor: "Natália vai ver!". Não satisfeito com isso, consegue convencer Raul e Diego a adotarem a mesma tática vingativa. Pondera o seguinte:

— Elas querem ser racionais, mas na hora da emoção... É *macho* nelas!

Influenciado por Gerson, Diego sai em campo e pede Jandira em namoro, sendo aceito sem dificuldade. Apenas sofre uns beliscões no braço, fruto da necessidade que Jandira tem de, vez por outra, testar se ele é mesmo de carne e osso.

Raul, no embalo, paquera Débora por uns dias, e é ao fim correspondido. Débora topa namorá-lo, na condição de ser em segredo e só no colégio, já que seus pais a proíbem de namorar antes dos dezesseis anos.

Quer dizer que trocar de namorada é besteira? Não, em geral, não. É acerto. Mudar de namorada, em geral, quer dizer: felicidade não alcançada e persistência em sua busca. Besteira foi Raul comentar com Diego, Gerson, Isac, Alex e Jaime, no balcão da cantina, quando Débora, encostada atrás do pilar, ouvia tudo:

— Juro, topou namorar comigo escondido dos pais, ainda me deu aquele beijo...!

Dali a instantes, a sós, com Diego e Gerson, porém com Débora sempre à escuta:

— Não falei? As sabidas viram a gente com as outras e já morrem de ciúmes. Podem crer, o plano tá funcionando direitinho.

— Estava! — grita Débora num arrojo, desatando a

cuspir no chão com toda a força: — Ptrrr!! Pterrr!! Ptff!! — até despejar: — Toma teu beijo de volta! Ptrrr!!

Isso feito, vai na disparada contar a Salete e Jandira:

— Sabem da maior? Os atletas tão usando a gente pra reconquistar as sabidas! Juro, não valem um centavo furado! Também, nunca mais caio em papo de cara nenhum de corpo sarado! Desses que vão atraindo a gente, puxando, prendendo, até nem sei! Coisa de corpo, foi isso que aconteceu. Maior fria! O negócio é que o Raul me azarando parecia que me esquentava por dentro e me arrepiava por fora, me fazia sentir toda viva. Se bem que, uma hora lá, até pensei: "Qualé, Débora, você curte homem burro? Vai cortar relações com teus pais por causa de um vagal que frauda dever de casa? Perdeu a cabeça ou o quê?". Perdi, deu nisso. Ainda vou ter a pior fama, porque o Raul espalhou pra meio mundo que me beijou. Meu pai, se souber, me mata. Ptrrr!, queria cuspir a lembrança daquele beijo. Juro, namorar escondido dos pais não vale a pena. O castigo depois é duro demais. Pô, saber que teu primeiro beijo foi uma farsa? Saber que o cara te usou, marcou, machucou, manchou pra sempre?

"Um abismo atrai o outro", pensaria Débora, caso soubesse que Jaime a espreita como um agente secreto desde que chegou ao colégio de manhã. Não é dizer que tenha ido ao ponto de entrar com ela no banheiro das mulheres, mas até onde pôde espioná-la sem dar na vista, espionou.

O escândalo da véspera, em que Débora só faltou cuspir fora as tripas do beijo consumado com Raul, mexeu com Jaime num nível profundo. Desde então, descobriu duas coisas que chacoalham a ordem de ideias que tinha na cabeça: uma, que Débora não é tão santa quanto parece; duas, que o beijo do Raul a marcou.

Aliás, desde o dia D, o da discriminação, Jaime vem tendo monte de ideias inquietantes. Por exemplo: sempre achou Vera uma deusa, mas nunca teve consciência de que estava a fim dela. Talvez se enganasse, por ser tímido e ter medo de enfrentar o declive natural que leva *estar a fim de* a *dar em cima*. Ou talvez se reprimisse porque a deusa tinha dono. Mas agora que está livre e desimpedida, agora que xinga Diego de "Estreito de Bering" a torto e a direito, por que não sonhar com ela? Por que não enterrar o namoro inventado com a Débora e arriscar com Vera uma relação mais palpável e concreta?

Afinal, lembra Jaime: "O pai quer é que eu namore uma garota qualquer, qual, não importa. Se troco a Débora pela Vera, tanto melhor. Sei que, pra o pai, ir firme num namoro conta bem mais que namorar firme".

O chato é Vera jurar que nunca mais carrega vagal nas costas, ainda frisando com todas as letras: "Comigo, agora, é de *cdf* pra cima". "Competir nesse páreo, com chance de ganhar, é ter de enfiar a cara nos livros", pensa Jaime. A menos, é claro, que desista da guitarra, o que mais curte na vida. Adora, fechado no quarto, tirar um som das cordas elétricas, volume máximo, de vizinho aguentar quase sem queixa. Então essa de estudar com afinco significaria maneirar a dedicação à música e também quebrar o juramento feito no último *Rock in City*, de um dia ser Mick Jagger, ou nada. Abdicar desse sonho, jamais! De resto, a timidez prejudica toda pretensão de namorar pessoa brilhante como Vera, de modo que vai tocando a vida, sem ela no pedaço.

Quanto ao caso da Débora, Jaime precisa resolver o quanto antes. O negócio de o pai perguntar todas as noites: "E a minha nora, Jaime, quando vai me apresentar?", e ele responder: "Quando ela fizer dezesseis anos" vai acabar dando rolo. Se é que já não deu, com a cuspição de beijo que Débora aprontou na cantina do colégio. Tudo por causa de um mísero beijo dado às escondidas. Precisava chamar tanta atenção?

"Pô, se o velho descobre que ela ficou com o Raul, vai sobrar pra mim", aposta Jaime, antevendo a chuva de nomes que vai ganhar. Chega a ver o pai, aparecendo no colégio, e chamando Débora de "piranha". Parece absurdo, mas com o pai dele nunca se sabe. Melhor prevenir que remediar. O fato é que já são quase seis horas, e lá está ele, espiando Débora na biblioteca do colégio, onde ela veio estudar às quatro e de onde não sai mais.

Estudando ali também estão a Jandira e uma aluna do oitavo chamada Íris. A supervisora, Ione, foi dar uma esticada até a lanchonete e ainda não voltou. Dentro de dez minutos a biblioteca fecha. Nisso, Débora vai devolver um tomo à prateleira dos dicionários, na estante do fundo, pegado ao banheiro masculino. Jaime oculto, a dois passos atrás, reflete rápido: "Se na biblioteca só tem eu de menino, o banheiro dos homens está vazio...". Então, num zás, tapa a boca de Débora, a domina e a mete no banheiro dos homens, imprensada contra a parede de ladrilhos.

— Cht! — manda, feroz. — Em biblioteca não se fala alto nem se grita.

O olhar de Débora é total assombro diante de Jaime a murmurar, assustador:

— Hein?, não ficou com o Raul, que é mais burro que eu? Nem toca guitarra como eu toco? Só joga basquete porque é alto?

Débora geme, debatendo-se. No sufoco, consegue dizer:

— Me larga, Jaime, ficou maluco?!

— Hein? — segue Jaime, dominando-a. — Deixa eu tirar o gosto azedo do Raul que ficou na tua boca.

Jandira, que não calava a matraca nem para bocejar, foi o alto-falante que noticiou o ocorrido para o resto da turma:

— Tava quieta na biblioteca, de repente vejo Jaime saindo de fininho com uma cara ultra-suspeita — diz Jandira. — Aí, a Íris do oitavo, que estudava comigo, falou: "Tem alguém gemendo no banheiro". A gente correu pro banheiro das mulheres, não viu ninguém. Ia imaginar Débora metida no banheiro dos homens? Quando vi que o gemido vinha de lá, cadê coragem de entrar? Falei baixinho pra Íris: "Cuidado, pode ter um estuprador". Pensei que tivesse. "Vai na Secretaria e chama alguém." Enquanto isso, peguei um dicionário bem grosso e fui pronta pra atirar o tijolo no homem. Nunca tinha entrado em banheiro masculino. Menor graça. O da biblioteca do Urbano, pelo menos, é igual ao das mulheres. A Débora tava lá, debruçada na pia, gemendo e cuspindo. Falei: "Débora, menina, que é que cê tá fazendo no banheiro dos homens?!". Virou pra mim, com a cara roxa de tanto cuspir: "Foi o Jaime que me agarrou, me botou aqui dentro e me beijou". Falei: "Jura?". Jurou pelo pai e pela mãe. Disse que o Jaime falou assim: que se ela tinha beijado o burro do Raul, tinha de beijar ele também. Segundo ela, parecia um doido. Nunca tinha visto ele assim. Perguntei se tinha feito coisa pior. Disse que não, que no meio do beijo ela fincou as unhas no pescoço dele e ele recuou. Fiquei abismada! Perguntei se sabia que o Jaime andava a fim dela. "A fim nada", disse. "Só tá achando que beijo qualquer um, pode crer." Disse ainda: "O Raul, ontem, estragou com meu nome, e hoje o Jaime acabou comigo". Aí discordei de vez. "Acabou nada", falei, "vamos lá na diretoria".

— Na diretoria só estava a orientadora psicológica, que, na mesma hora, mandou a secretária buscar água, achar o Jaime e trazer urgente os pais dos metidos na encrenca. Nesse meio tempo, fiquei alisando o cabelo da Débora. Mas a mãe dela veio rápido. Soltou meia dúzia de berros, claro, e mandou expulsar o Jaime do colégio. A orientadora explicou que não era tão simples assim. Primeiro, tinha de conversar com o Jaime. A mãe da Débora: "Conversar o quê?", a orientadora: "Conversar, ouvir a versão dele", a mãe da Débora: "Não tem nada que conversar!", a orientadora: "Conversar é fundamental". Gastavam saliva, discutindo, quando vem a Íris do oitavo, acompanhando o Jaime, que ela alcançou na rua e trouxe de volta pro colégio pra ele contar tudo e com isso limpar a barra dele.

Jandira retoma o fôlego e continua:

— Assim que viu Jaime, a mãe da Débora partiu pro ataque, esganiçada que nem galo de briga: "Que é que cê fez na minha filha?!". Jaime respondeu tão baixo que a gente mal ouviu: "Empurrei ela pra dentro do banheiro e dei um beijo". A mãe da Débora olhou bem pra ele e perguntou: "Tava drogado ou o quê?!". Jaime jurou que nunca provou porcaria de droga nenhuma nem nunca bebeu, fumou, agarrou ninguém. Depois falou: "Não sei o que deu em mim. Só se fiquei com ciúme da Débora com o Raul". Pô, a mãe da Débora avançou nele quase enfiando o dedo na cara do coitado: "Difama minha filha pra você ver!", aí, achei que a Débora foi legal. Admitiu na frente de todos que tinha beijado o Raul. Foi chato pra mãe dela ouvir a filha falar na frente da gente: "Desculpa, mãe, não queria gostar de ninguém antes dos dezesseis, mas gostei do Raul e fiquei com ele escondido de você". A mulher pulou uma fera: "*Ficar* é o quê, traduz isso!". Nessa hora me meti, porque Débora engasgou: "É beijar na boca sem compromisso". A mãe da Débora, no mesmo instante, se acalmou. Aí, com uma cara diferente, falou pra orientadora desse jeito: "Pelo visto, é tudo farinha do mesmo saco. Dá um bom castigo no garoto, não precisa expulsar". Disse e foi embora arrastando a Débora, sem mais papo.

Jandira para um pouco a narração, olha para os lados, mas depois prossegue:

— De noite, liguei pro celular da Débora, pra saber dela. Disse que ia indo, levando a vida. Ano que vem, se encontrar um colégio do Ensino Médio só feminino, vai pra lá. Acabei que liguei pro Jaime também, fiquei com pena. Perguntei que castigo deram pra ele. Disse que o castigo é conversar com a psicóloga todos os dias depois das aulas, durante um mês. Me leu em voz alta a carta que o colégio mandou pro pai dele. Meio assim: "Comunicamos que seu filho esteve envolvido em inaceitável episódio de assédio sexual nas dependências desta instituição de ensino. Pedimos com urgência seu comparecimento...". Assédio sexual, pô, logo o Jaime?!

No dia seguinte, Débora faltou à aula, e os boatos voaram pelo nono como enxame de abelhas em torno da colmeia. Foram mil e uma suposições rodopiando de boca em boca, em mão e contramão. Na zoada frenética, uma dúzia de zumbidos se sobrelevaram aos demais:

— Débora largou o colégio, não volta mais.

— Quem vai largar é o Jaime, que será expulso.

— O pai da Débora bateu nela de chicote.

— Jaime periga ser detido em instituição para menores. Vão jogá-lo na Justiça.

— Débora não veio, envergonhada de ter beijado dois garotos numa semana só.

— Jaime veio, normal como sempre, de descarado que é.

— A coisa é muito mais séria do que parece. Ninguém faz ideia.

— O negócio nem foi tão grave assim, a fresca da Débora é que exagera.

— Uma coisa é certa: a Débora se envergonhou porque gostou do beijo.

— O Jaime se desencaminhou porque o Raul deu o mau exemplo.

— Outra coisa certa: se a gorda da Ione, responsável pela biblioteca, estivesse lá como devia estar, e não na cantina, engordando, nada teria acontecido.

— Enfim, o certo é que a coisa ainda vai dar muito o que falar.

O que é falso e o que é verdade nessa lista? Não é preciso ser gênio para afirmar que, sem dúvida, a última suposição deve ser a correta. Verdade, também, que a realidade é a realidade, independentemente de suposições. E, nesse dia, aconteceram fatos que falam por ela.

Às sete e meia da manhã, a orientadora telefona, de sua sala no Urbano, para a mãe da Débora, pergunta pelo estado da menina, concorda que é bom que a menina passe mais um dia descansando das emoções da antevéspera, pergunta se a mãe da Débora pode vir ao colégio conversar, e ouve de resposta um turbilhão de explicações:

— Conversar? Converso pelo telefone. Sei que a orientação de vocês é achar que tudo que a garotada apronta no colégio, na rua, onde quer que seja, é culpa da mãe. Sinceramente não estou pra aturar isso. Tenho lá culpa de ser quadrada? Se sou, a culpa não é da minha mãe, que foi educada pela culpada da mãe dela? Assim, pra trás? Posso lhe garantir que o pai da Débora é cem vezes mais quadrado do que eu. Não quero nem que saiba o que aconteceu com o Jaime, e menos ainda com o Raul, que foi mais grave. Com Jaime ainda passa, a Débora foi vítima. Com Raul, não, porque ela foi cúmplice, entendeu? Então minha posição, hoje, é a mesma de dois dias atrás: dar ao Jaime uma punição qualquer, que o ensine a não repetir o que fez. No mais, deixar correr. Inclusive, se quer saber, já autorizei a Débora a namorar escondido do pai se realmente se apaixonar. O chato é que ela se apaixonou pelo Raul, e o Raul a usou, a verdade é essa. De modo que vamos com calma. O problema maior não é a quadradice dos pais da Débora. O problema maior foi Raul fingir que gostava da Débora quando não gostava. Isso, sim, foi sujeira. Isso, sim, desencadeou tudo. Enfim, deixa pra lá. Já disse pra Débora que a gente aprende quebrando a cara mesmo, e com isso de amor, todo cuidado é pouco. Tá conversado? Amanhã ela vai ao colégio e a vida continua.

Pouco depois, atendendo ao chamado da mesma orientadora, o pai do Jaime compareceu ao Urbano e conversou com ela, das oito às nove. Nesse período, colocou-a a par de uma série de fatos que ela ignorava, inclusive o de ser viúvo.

— O negócio é o seguinte — disse —, e que isso fique entre nós, pra não complicar a vida da menina. Acontece que Jaime e Débora namoram escondido faz tempo. Isso, porque o pai da garota é um leão, e a mãe, uma onça, desses antigões que querem preservar a pureza da filha até os dezesseis anos, na certa porque é idade de votar, deve ser. De maneira que essa história de assédio sexual é conversa pra boi dormir. Ao contrário, Jaime é que respeitou a exigência da namorada, de nem passear de mãos dadas em público. Tamanha simulação, só pra notícia do namoro não chegar aos ouvidos do leão e da onça. Modéstia à parte, meu filho foi respeitador demais. Quer saber de uma coisa? Acho que a Débora aprontou esse rolo todo pra chamar a atenção dos pais, mostrar que não é mais criança, sabe como é. A senhora, que é psicóloga, deve entender o esquema. A menina esconde, esconde e, como tudo que é escondido explode, a coisa explodiu.

O pai de Jaime, já menos vermelho e mais aliviado por estar falando aquilo tudo, continuou:

— Meu filho aguentou, e muito, camuflar os sentimentos. Anteontem deu um basta. Mandou a Débora escolher: ou se assumiam em aberto ou acabavam o namoro. Como não podiam falar alto na biblioteca, entraram no banheiro pra resolver a questão. Jaime nem reparou se era banheiro de homem ou de mulher. Nesse aspecto, é distraído. A Débora chiou: "Mas, Jaime, só faltam treze meses, você prometeu ir comigo até o fim!", sabe como é cobrança de mulher. Então, meu filho, que não está mais pra namorar em segredo, deu um último beijo na dondoca e se mandou. Tô com ele. Garota bonita, dando sopa, é o que não falta. Encontre uma que possa namorar às claras, ora essa. Agora, me entenda, concordo que tudo tem seu lugar e hora. O rompimento não precisava ter sido no banheiro masculino da biblioteca. Acho que o Jaime deve ser repreendido pela direção do colégio. Até como meio de preservar a Débora, não é? Não há necessidade de se espalhar por aí o que faz na moita. Além disso, temos de preservar o Colégio Urbano, não temos? Não queremos que a comunidade saiba que a bibliotecária, na hora do crime, tinha ido comer folheado de palmito na cantina, largando a biblioteca às favas, queremos?

— Com certeza, não — virou a orientadora, acrescentando: — Razão tinha o Shakespeare, em ver mais coisas entre o Céu e a Terra do que sonha nossa vã filosofia. Então, vejamos: consultarei a diretora, para confirmar a conduta que adotaremos. Mas se a mãe da Débora quer que se repreenda o Jaime com discrição, e o senhor aprova a medida, a saída, por ora, é ter uma conversa com ele e orientá-lo no melhor possível, evitando tempestade em copo d'água. Sobretudo considerando que no rolo, como o senhor bem definiu, mais de um tem culpa no cartório, não é verdade? A começar por Deus, que criou o mundo...

Depois de um dia de sol escaldante, a chuva, desde cedo, alaga a cidade. Amanheceu estrondando, o céu feito um mármore de raios estalando. "Ei, que tempestade radical!", pensa quem transpõe o portal do Urbano, no mínimo com o tênis empapado. Quando se imagina que a chuva vai durar a manhã toda, o mormaço surpreende, enfeitando o pátio com larga faixa de arco-íris. Do mesmo jeito que o tempo apresenta mudanças climáticas tão bruscas, o clima que se vive na oitava também é variável, sujeito a pancadas de chuva; ou oito, ou oitenta.

Foi-se o tempo gostoso em que namoros, namoricos, namorecos alegravam as aulas, "fazendo a gente caprichar no *look*", no dizer de Salete. Tempo em que paqueras brotando, progredindo ou em perspectiva eram maquinadas nas entrelinhas das lições. Hoje, seu-mestre-mandou, atenção no livro, na lousa, no caderno, ninguém quer nada com ninguém, as aulas se alongam a ponto de dar fome... A da Dona Iolanda nem se fala!

As últimas turbulências que sacudiram a turma esguicharam nela ducha de mágoa e desconfiança. Ao fim, todos se molharam na recente tempestade de denúncias malévolas, rompimentos drásticos, manobras sorrateiras, chantagens deslavadas, ataques histéricos, ataques de baratas, escândalos imorais, intelectuais e sentimentais que desabaram em cascata. Sentindo-se desabrigadas, as meninas se uniram, tal como os meninos, ante o mau tempo, formando corrente solidária. No final do semestre, as equipes mistas se dissolveram, o pensamento individual se turvou, e a classe inteira se dividiu em blocos maciços de alunos e alunas em pé de guerra.

Nisso, adeus neutralidade! Na guerra deflagrada, ou se é "solteiro graças a Deus" ou "encalhada por livre e espontânea vontade". O momento de extremos só admite dois partidos, e a fase destemperada tudo reduz a duas bandeiras.

Ou se concorda com Vera, que Débora foi barbaramente desrespeitada (primeiro pelo Raul, que a beijou feito Judas, depois pelo Jaime, que a agarrou feito um selvagem), ou se concorda com Diego, que Jaime e Raul são caras maneiros, que extrapolaram um pouco devido à pressão de "forças ocultas próprias da idade".

Em resumo: ou se tomam as dores das sabidas, que depois de usadas e abusadas se cansaram de pajear malandros, ou dá-se o braço a torcer a Raul, que enfatiza:

— Entre uma loura burra e uma *nerd* chata, mil vezes a primeira. Cara, o que as sabidas querem é mandar no mundo!

— Claro. Já apareceu uma querendo mandar no Brasil — Diego lembra.

E Gerson completa:

— É isso aí, cara. Querem mandar na gente, porque a gente tem *approach*, e na hora do *rush*, anda de *ferry-boat*, ha, ha!

Na nova ordem radical, a plataforma das "encalhadas por livre e espontânea vontade" é estudar, estudar, estudar cada vez mais, brilhar, cintilar, ofuscar os vagais, sustentar até a morte a dignidade feminina, repelindo todo e qualquer mau-caráter. Provar que, pelo menos no nono ano do Colégio Urbano, as meninas são mais maduras, honestas, confiáveis, responsáveis e estudiosas que os garotos.

Já a bandeira dos "solteiros graças a Deus" é estudar, estudar, estudar cada vez menos. Não cair no jogo das *nerds*, que querem controlá-los. Mostrar que são independentes, donos dos próprios narizes e cabeças. Treinar, treinar, treinar cada vez mais: *skate*, guitarra, capoeira, futebol, vôlei, basquete (fliperama, que seja), rumo a uma sonhada participação nas Olimpíadas Internacionais dos Esportes Radicais, e bola pra frente.

Enquanto o tempo vai tenso, Dona Iolanda comunica à classe:

— Bem, pessoal, corrigi as redações de vocês.

O silêncio que obtém é imediato, a atenção, máxima.

— Corrigi e observei que os vinte melhores textos são todos de meninas. Os piores, não preciso dizer de quem são.

Pausa um instante, como para tomar fôlego, daí segue, brandindo no ar a papelada em mão:

— E aí, rapazes, o que está havendo? — Passeia o olhar, cá e lá, pelos meninos. Em seguida, interpela-os um a um: — Diego, Germano, Jaime, Gerson, hein? Isac, Rogério, Túlio, Alex, e aí? — À medida que fala, encara quem nomeia. — E aí, Marcelo, Carlos, Breno, Denis, Raul? Hein, Claudio, Caetano, Leo? Que tal reagir? As pesquisas apontam que as mulheres no Brasil estão evoluindo, estudando mais, obtendo mais escolaridade, tornando-se mais competitivas do que os homens em muitos setores, sobretudo os que pedem bom domínio da escrita. Será que o futebol de fim de semana não está tirando vocês dos livros? Prejudicando o estudo de vocês? Hein? Não querem se abrir? Dizer o que está acontecendo?

A classe permanece calada, fisionomias apáticas, até Raul se manifestar:

— Tá pegando que essa mania de redação toda hora é puxado demais. É fora da realidade brasileira.

— Ah, é? Uma redação por semana, tema livre, puxado demais? Fora da realidade nacional? Como explica que as meninas se saem bem?

— As mulheres se protegem. Queria ver se o professor de redação fosse homem...

— Como é?! — A expressão de Dona Iolanda se tranca, e ela reage exaltada: — Não, senhor Raul, não venha com distorções pra cima de mim! Tuas colegas vão bem porque se esforçam e querem aprender o que eu tenho a ensinar, nos limites, bem entendido, da grade curricular adequada aos nonos anos de todo o país. Ou você pensa que só dou aula no Colégio Urbano? Dou aulas em outros colégios, meu filho! Já dei aula até na roça! Portanto, sei o que é razoável esperar de vocês!

— E o ritmo de cada aluno, não conta? — insiste Raul.

— Decerto que sim. Mas já viu aquele filme americano de uns anões que moravam num prédio de pé-direito baixo, construído em especial pra eles?

Nessa hora, Gerson levanta o dedo, indicando ter visto. Dona Iolanda prossegue:

— Pois bem, no filme, a pessoa de estatura mediana que quisesse entrar lá tinha de andar de quatro. Imaginou você, que é um galalau de metro e tanto? Imaginou se eu rebaixasse o teto da nossa sala, a metro e dez, porque teus colegas são anões de oitenta centímetros?

— Uai, se a maioria é baixa tem de baixar o nível — torna Raul.

— Vá lá que sim, em se tratando de deficiência. Mas, e quando se trata de preguiça? De alunos que faltam aos

compromissos? Aliás, por falar em maioria, vinte alunas com bom desempenho sobre dezesseis com desempenho sofrível é a maioria da turma, não é? Você quer que, ao corrigir as redações, eu tenha um padrão de exigência maior pras meninas do que pros meninos?

Raul, custando a responder, Vera rompe em ovação:

— Viva o nono-feminino do Colégio Urbano!

— Viva! — repetem em coro as "encalhadas por livre e espontânea vontade".

— Buuuu! — vaia Gerson, instalando a algazarra de assobios e clamores entre os "solteiros graças a Deus".

Então, a voz de Raul se avoluma, dominando o alarido:

— As mulheres têm complexo de inferioridade porque os grandes gênios da humanidade são todos homens: Aristóteles, Beethoven, Einstein, Pelé, Guga, Michael Jordan, Ayrton Senna!

— E Madame Curie? — intervém Dona Iolanda, a essa altura, divertindo-se.

— Que que tem essa madame?

— Procura na enciclopédia — sugere a mestra, enquanto Ingrid se intromete:

— E quem carregou Aristóteles na barriga? Quem transmitiu pra ele a semente da genialidade? Ou Aristóteles saiu da barriga do pai dele?

— Quando for procurar na enciclopédia — provoca Vera —, aproveita e verifica quem são Cecília Meireles, Clarice Lispector, Rachel de Queiroz.

— Eu não, não tenho saco pra feminista porre — diz Raul.

Dona Iolanda pôs-se a distribuir as notas e o vozerio cedeu.

— O mundo está mudando — comenta ela. — Se os gênios do passado eram homens, os de hoje, aqui, parece que são: Vera: dez — anuncia —, redação excelente; Ingrid: dez-mais, redação magnífica; Natália: nove, ótimo; Salete: nove, muito bom; Débora: oito, bom-bom; Jandira: bom...

Sem necessidade de acompanhar a enumeração de todas as notas, basta dizer que sua linha decrescente termina em Diego: três; Gerson: dois; Raul: um, justificado pelo comentário: "Não consegui entender o nexo das cinco frases que você escreveu, Raul. Começou o semestre bem, agora, o que deu? Precisamos conversar, tá legal?".

De posse da folha, Raul a dobra depressa, sem ler as correções. Depois, cruza os braços, fixando a vista no teto adiante, a boca comprimindo uma prega enfezada.

— Bem feito! — murmura Ingrid. — Quem mandou ser vagal.

Aprende-se, nos livros de História, que as guerras da humanidade resultam ao mesmo tempo de causas próximas e recuadas. As causas recuadas, também ditas profundas, acumulam-se, acumulam-se, até o pingar da gota d'água que deflagra o combate. Sabe-se, por exemplo, que o sucesso econômico da Alemanha e o isolamento da França, no cenário europeu, foram causas profundas da Primeira Guerra Mundial, mas sua causa imediata foi o assassinato do arquiduque da Áustria Francisco Ferdinando, em Sarajevo, hoje capital da Bósnia, em 28 de junho de 1914.

As causas profundas da guerra que abala a oitava série do Colégio Urbano remontam, no mínimo, a 1827, quando as meninas tiveram acesso ao ensino público das "primeiras letras" no Brasil. Depois disso, foram causas diretas do conflito que nos interessa a conquista do voto feminino, a invenção da pílula anticoncepcional e a entrada das mulheres nas universidades, no século XX. Por fim, entre as causas mais próximas da atual crise, estão as quantias milionárias que os atletas ganham de uns tempos para cá se comparadas com as minguadas somas que os professores recebem (para se alimentar e comprar os livros que alimentam a função que exercem). Quanto à gota d'água da batalha (o assassinato do arquiduque), essa foi a divulgação de notas que Dona Iolanda promoveu em voz alta na sala, coroada pelo "bem feito!" da Ingrid.

Seja como for, nessa manhã, a sirene toca e presentes no nono estão apenas Shirley Bell nervosa e vinte meninas desinquietas. Os meninos caminham em passeata, no parqueamento da escola, carregando placas com frases bombásticas, umas, de denúncia veemente: "Professora do Urbano discrimina alunos do sexo masculino!", outras, de protesto drástico: "Abaixo o preconceito docente contra atletas e anões!".

Em pouco, a notícia do colégio sob ataque invade o pavilhão das salas do sexto ao oitavo como um furacão. Uma multidão de alunos debanda e vai se apinhar na porção gradeada do pátio externo, de onde se vê a rua. Junto às barras de ferro, acotovelam-se e espremem-se, no afã de assistir ao que um sextanista descreve como "o maior rolo da paróquia", e outro denomina "greve fera". Nunca se viu alvoroço igual desde a fundação do Urbano.

Os professores desistiram de impor ordem. Ziguezagueiam como pastores que perderam o rebanho, indagando, confabulando, inteirando-se do sucedido, breve passando adiante as instruções provisórias que a diretora mandou observar e que são três:

1. Manter a calma a todo custo.

2. Ignorar os provocadores que tumultuam um estabelecimento de paz.

3. Garantir aos alunos, dentro do colégio, que o dia correrá normalmente.

— Eu só vou informar que o dia correrá — adianta um professor a outro colega, que emenda, apontando a garotada na grade:

— Eu, nem isso, eles estão vendo.

No que a diretora se reúne a portas fechadas com Dona Iolanda e a orientadora psicológica, corre o boato de que o Urbano vai fechar e a Shirley Bell vai ser presa.

— Então é ela que discrimina os meninos?

— Dizem que é.

— Dizem que vai ser enquadrada na Lei Afonso Arinos, por racismo.

— A Shirley Bell?

— Dizem que sim.

— Dizem que hoje não tem mais aula, vão mandar a gente pra casa.

— Ouvi o contrário. Ninguém sai do colégio enquanto durar o protesto, que pode ser de dias, e aí a gente vai ter de dormir aqui.

— Se o colégio fecha, a gente é aprovado por decreto, uma lei aí, que faz passar de ano sem exame nem nada.

— Quem disse?

— Deu na Internet.

— Falar nisso, tem *e-mail* de aliados de outros nonos querendo lutar.

— Pois sou do sexto e também quero!

— Já pra sala, anda! O dia vai correr normalmente! — diz um professor, apenas por dizer. Desconhece o que originou o boicote dos meninos do nono, entretanto presume motivo grave. A Shirley Bell racista, será? Acha estranho, uma vez que o marido dela é negro e baiano. Sabe que a Bell é assim meio rigorosa, curte uma disciplina germânica, mas daí a discriminar alunos do sexo masculino, atletas e anões? Nunca imaginou.

Boquiaberta, a Silvana, do oitavo, acaba de saber do "*paper* comprado" que Diego apresentou a Dona Iolanda. Mal conhece Diego, mas sempre o teve em conta da encarnação da perfeição, isto é, de "lindo por fora e por dentro", de maneira que custa a crer no que ouve.

— Isso de acusar é muito fácil, cadê a prova? — diz e, detestando injustiça, sobe na amurada da grade e grita para a rua: — Diego, estou com você! Até prova em contrário, estou com você! Abaixo o preconceito contra o sexo masculino!

— Abaixoo! — reforça um grupo de tietes do sétimo.

— Diego! Diego! — torna Silvana, atirando beijos ao ídolo. — Abaixo a discriminação contra o sexo masculindo!

— Lindo! Lindo! Lindo! — segundam as tietes empolgadas.

Agora, a aclamação é mais ampla e geral, e logo se vê que não é para Diego. Trata-se do Alcir, um professor de biologia que, driblando a vigilância dos guardas no portão principal, foi se juntar aos manifestantes. Inesperada reação. Carrega uma das placas que pede "fim às mordomias das professoras", discursando, inflamado:

— É isso mesmo, companheiros! Abaixo a discriminação! Elas choram de barriga cheia! Quando só elas podem se aposentar com vinte e cinco anos de serviço! Nós, não! Nós, homens, temos de ralar trinta anos! Elas vivem querendo direitos iguais! Pois também quero, ora essa! Além daqui, dou aula na rede estadual há vinte e cinco anos e quero me aposentar!

Na sala do nono, a Shirley Bell vai prosseguindo a aula transtornada. Não consegue entender as acusações que lhe fazem e tampouco se conforma de um colégio moderno, como o Urbano, não ter abrigo antibomba. Depois que os lavradores sem-terra invadiram a fazenda do ex-Presidente Fernando Henrique, depois que o 11 de setembro sacudiu o mundo, acha que tudo pode acontecer e toda prudência é pouca.

— *I love men*! — garante — *No* consigo entender a *accusation*. *Me?*, preconceito contra *athletes* e anões? Como?! Adoro *Snow White*! Sorte que creio *in God* — diz, ajoelhando-se e convidando as encalhadas ao mesmo gesto.

— Eu, rezar? — vira Débora — Só se for pro Urbano expulsar o *playboy* do Raul e mandar prender o maluco do Jaime, que daqui a pouco ainda é capaz de me sequestrar!

— E eu? Será que digo à diretora que fui eu que comecei tudo? — consulta Vera, indo e vindo, aflita, diante da Shirley Bell ajoelhada.

— Você falou que eu *discriminate boys*?!

— Não, a senhora não tem nada com isso. É que tudo começou quando pedi pra Dona Iolanda tirar uns garotos vagais da minha equipe de trabalho, na aula dela. A partir daí, foi só confusão. Os caras se embananaram e partiram pra ignorância. Depois, resolveram achar que a melhor defesa é o ataque e agora se fazem de vítimas. Parecem políticos.

— Polícia neles! — lança Débora.

— Polícia é exagero, mas alguma coisa tem de ser feita pra eles pararem de apelar — reflete Vera, acrescentando: — porque eu tinha razão de querer acabar com a hipocrisia daquela equipe. A gente fazia tudo, e eles tiravam dez à custa da gente. Na verdade, queria deixar de pensar neles — confessa, ensimesmando-se um instante, e, de repente, virando-se para Ingrid, com um peteleco: — Já sei! A gente tem de se envolver num projeto positivo e esquecer essa passeata lá fora. Largar de viver em função desses vagais. Mostrar que a gente é diferente. Um projeto positivo.

— Rezar — diz Shirley Bell.

— Expulsar — fala Débora — E com polícia!

— Polícia? — interroga, entrando, a mãe do Alex, que é funcionária da secretaria e pegou o bonde andando. — Mas meu Alex é um garoto! Os garotos do nono são garotos! Por favor, nada de cães farejadores, cacetadas, tiros, balas...

— Balas? — Shirley Bell atalha, ganindo: — *Oh, God,* e *no* abrigo antibomba!

— Balas, pronto — acode Jandira, decidida. — Se a gente anunciar que a cantina tá distribuindo bala de graça, barra de chocolate, caramelos, a passeata acaba.

— Já sei! — rumina Vera, no seu canto. — A gente podia criar um clube de leitura.

— Ótima ideia dar balas — entusiasma-se a mãe do Alex, já saindo porta afora, a dizer: — Vou logo propor a solução à diretora.

— Um clube de leitura é legal — avalia Ingrid —, porque nenhum vagal vai querer entrar e aí a gente fica livre deles.

— Pois então — torna Vera —. Minha mãe disse que esse livro *Meninas inteligentes, escolhas péssimas* tem tudo a ver com o nosso problema de gostar de estudar e se apaixonar por quem não gosta. Que tal a gente ler e depois discutir?

Nesse momento, abrem a porta da sala com estardalhaço.

— Gente, os atletas piraram! — buzina Salete, vinda do pátio, e contando às pressas: — Tão sentados de pernas cruzadas em pleno asfalto do estacionamento. Avisam que vão fazer greve de fome até o colégio atender as exigências deles!

— Quero ver na hora que distribuírem as balas... — reflete Jandira, no que Ingrid urra de indignação:

— Urrr! Que ódio! Os caras colam, copiam, mentem, cometem crime de falsidade ideológica, que é previsto no Código Penal, e ainda vêm com exigências?!

— Pô, cometem crime de assédio sexual, que nos Estados Unidos dá cadeia — lembra Débora —, ainda vêm com pedidos disso e daquilo? Tá tudo invertido!

— E aí, quem topa ler *Meninas inteligentes, escolhas péssimas*? — torna Vera.

— Eu topo — diz Natália. — Onde é que tem esse livro?

Lá se vão trinta minutos desde que a passeata começou. Foi um período marcado por corre-corre, diz que diz que, reações imprevistas e certo pânico, como vimos. Durante esse tempo, a diretora do Colégio Urbano não ficou parada, meditando. Tomou pé da situação, com Dona Iolanda, e já arquiteta saída à crise com a orientadora psicológica, dirigindo-lhe instruções:

— Vá lá ver o que os meninos querem — manda, ponderando: — E lembre-se do seguinte: a Iolanda garante que não discriminou ninguém. Só diz que, no nosso nono, falou-se em estudo, as meninas dão de dez a zero nos garotos. Ignora o porquê. Característica da turma. É preciso ter isso em mente ao negociar.

— Foi o que eu falei — diz Dona Iolanda, recapitulando: — A Vera, no início do ano, reclamou de fazer trabalho em equipe com o peso morto do Diego, do Gerson e do Raul, que agora lideram a passeata. A Vera me pediu pra tirá-los da equipe, e eu concordei. Achei que levantava um problema importante. Afinal, quem estuda pode ser prejudicado por quem não estuda? Quem não estuda merece a mesma nota de quem estudou no lugar dele?

— Bom, mas, então, você se posicionou contra os garotos — observa o orientadora.

— Hum... Não — diz Dona Iolanda, reformulando: — Ou melhor, só quando o Raul pôs banca de que os gênios da humanidade eram todos homens, e sabemos muito bem que, até pouco, as mulheres não tinham o

direito de apitar nesse mundo. Aí, eu ajudei as meninas em desvantagem, citando o nome de Madame Curie. Afinal, não sou um robô hermafrodita dando aula. Sou uma mulher! — justifica-se Dona Iolanda.

— É, mas tem também o problema das notas das redações — lembra a diretora.

— Sim, confesso que tive prazer de ler alto, uma a uma, desde o dez da Vera ao um do Raul. Ainda piorei a situação, estadeando na frente de todos que as frases do Raul não faziam sentido, não diziam coisa com coisa. Admito que o humilhei um pouco. Disso me arrependo. Daqui pra frente vou comentar as correções em particular, com cada aluno.

— Tem certeza de que não prejudicou ninguém por ser gordo, magro, macho, fêmea, gigante, anão, feio, bonito? — insiste a orientadora.

— Tenho. O que comentei é que o mundo está mudando. Onde quer que se exijam instrução e escolaridade, as mulheres vêm se impondo. Repararam quantas juízas, promotoras, procuradoras, universitárias, doutoras em geral temos hoje no Brasil?

— Então, vá lá — torna a diretora, encaminhando a orientadora à porta —, converse com os descontentes, traga-os aqui ao meu escritório. Use sua psicologia como achar que deve, contanto que se evitem polícia, mídia, radicalização. Só avise ao Alcir que se ele não entrar, nesse minuto, vai lutar pelos direitos iguais de professores e professoras no olho da rua.

Dali a instantes, quem vê a orientadora sentada no asfalto com os piqueteiros pensa que ela é um deles — única mulher, por enquanto, que aderiu de chapa aos dissidentes. Isso porque, além de sentada no asfalto de pernas cruzadas, empunha o cartaz que Diego há pouco segurava, enquanto este põe no papel as reivindicações do grupo, que englobam os seguintes pontos:

1. Pedido de desculpas aos homens, atletas e anões, por parte de Dona Iolanda.

2. Advertência a Dona Iolanda na tendência a bandear pro lado das alunas contra os alunos da mesma turma.

3. Anistia de todas as notas abaixo de cinco que Dona Iolanda deu aos alunos do nono no último mês.

4. Entrega das futuras redações do nono, digitadas e com senha secreta cadastrada na secretaria, para que Dona Iolanda não identifique o autor (e, portanto, não se vingue dos participantes do atual movimento).

5. Promessa da cantina de oferecer mais variedade de produtos e passar a vender sorvetes, cachorros-quentes e hambúrgueres.

Às nove e meia, na diretoria do Urbano, ante a presença da diretora, da orientadora, da Shirley Bell, do professor Alcir e de todo o nono reunido, Dona Iolanda firma acordo com os grevistas. Num discurso breve e comovido, enaltece o valor dos homens de todas as épocas e lugares, louva os atletas do mundo inteiro, elogia os anões de todos os meridianos e quadrantes. Para mostrar sua isenção, diz que, se houver outra encarnação, quer nascer homem, pois não é à toa que os homens são chamados de "sexo forte".

Concorda em anular as menções abaixo de cinco que atribuiu aos alunos do nono no último mês, numa extremada tentativa de ajudar os que "se lascaram", como diz Raul. Discorda, entretanto, que as redações tenham de ser entregues digitadas e com senha, considerando que nem todos têm computador em casa. Em vez disso, combina que os futuros deveres do curso sejam corrigidos, primeiro, pela monitora de português, e depois por ela, como modo de reforçar a justiça das avaliações. No mais, apoia a venda de sorvetes, cachorros-quentes e hambúrgueres na cantina, embora enfatizando que o assunto foge à sua alçada. Por fim, no sinal das dez, sela a trégua oficial abraçando os piqueteiros um a um.

Hora depois, no intervalo das onze, bolas e fofocas rolam no pátio em meio a pombos que ciscam buliçosos onde haja migalhas caídas de merendas. A manhã parece que abraçou a rotina e corre normal.

"Corre normal na superfície", pensa Vera, matutando consigo meio assim, como na casa de criança birrenta que cismou porque cismou de tomar banho vestida. De tanto berrar e espernear, a peste venceu a mãe pelo cansaço e acabou entrando no chuveiro de roupa e tudo. A mãe resistiu ao capricho, até que a paciência se esgotou e ela filosofou: "Tá, deixa pra lá, criança é assim mesmo. Tem dias que dão ataque só pra ganhar qualquer parada em cima do adulto. Que mal dar ao neném um gostinho de vitória? Quantas vezes a vida não o fará abaixar a crista e engolir sapos, até crescer?". Pois Dona Iolanda deve ter pensado a mesma coisa dos meninos: "Deixa pra lá, dessa vez vocês levam a carniça, mas a vida vai se encarregar de dar o recado dela a vocês". No final da palhaçada na diretoria, quando Dona Iolanda abraçou Diego, chegando ao cúmulo de felicitá-lo pela capacidade de liderança, Vera quase vomitou as tripas fora, feito Débora, nauseada de ver um infrator sendo tratado como herói. Depois, repensando, achou bonita a atitude conciliadora da mestra. A boa vontade em zerar as notas ruins dos vagais, em submeter as redações do nono a uma primeira opinião "não contaminada ou revanchista" da monitora de português. Tanto que, agora, súbito lhe ocorre dar a Diego uma segunda chance.

Verdade que, meses antes, no fatídico sábado do "basta", quando proibiu a entrada do namorado no prédio (estivesse só ou acompanhado), foi na esperança de que, com o choque, a dureza do tratamento, ele se emendasse. Ora, o tiro saiu pela culatra. Diego se envolveu em trapalhadas, fez um monte de besteiras, ainda convenceu os solteiros do nono a usar táticas de intimidação. Enfim, entrou de roupa no chuveiro, como criança testando a paciência da mãe. Vai que a mãe tolera a manha... O resultado já se viu: Diego desfila pelo colégio inteiro com ar de Dom Pedro proclamando a Independência às margens do Ipiranga. Acontece que esse ar de triunfo não engana Vera nem um pingo. Acha tudo fachada para inglês ver. Diego, hoje, no seu entender, é um boi chafurdando no atoleiro. Daí cogitar, como Dona Iolanda, que, diante do bicho se afundando, não custa prestar um derradeiro socorro.

Com esse pensamento em mente, vai postar-se atrás dele, na fila da cantina. Em seguida, forçando-o a se virar na direção dela, com um leve toque no ombro, diz-lhe, afável:

— Escuta. Já que está valendo a bandeira branca, vim te fazer um convite.

— Faça — consente Diego, pregando-lhe um beijo na bochecha.

— É o seguinte — continua Vera, inalterada, como se o beijo insolente houvesse sido um mero e polido aperto de mão —, a gente tá criando um clube de leitura que funciona assim: todo mundo tem um prazo xis pra ler um livro que a gente escolheu e aí, numa data combinada, a gente faz um lanche no parque, uma excursão por aí, pra discutir.

— A gente, quem, cara pálida?

— Eu, Natália, Ingrid, as meninas. Ah, a Shirley Bell também topa, porque quer ler em português. Então, pra não virar clube da Luluzinha e, pensando que ler ajuda a escrever, a gente resolveu abrir o clube pra quem quiser participar. Vai querer?

Diego a examina um instante, apertando ligeiramente as pálpebras sobre os olhos, como míope querendo enxergar longe. Por fim, responde:

— Não.

Vera, então, fala, saindo da fila:

— Tudo bem. Só queria saber.

Diego quase desiste de pagar no caixa o ansiado pão de queijo para ir como foguete comunicar a Vera que, pensando melhor, iria associar-se ao clube. Mas algo nele o retém no lugar, forçando-o a repetir no íntimo, até se convencer: "É *não*, e pronto, é *não* e pronto. Pô, me convidasse pra ir ao cinema, como antigamente, nem discutia. Clube de leitura, pra cima de mim, é que não".

Pior que prevê a reação de Raul:

— Ih, cara, você recusou o convite da Vera? Agora mesmo que lascou tudo.

De maneira que se repete com mais vigor:

— Recusei e recuso. Recusei e recuso. Vera não me enquadra assim tão fácil.

Essa certeza ele tem e ninguém tira:

— Mesmo que tenha entrado de gaiato na jaula das feras, sou eu ou elas — comenta dali a pouco com Gerson e Raul, aliviado ao ouvir em troca:

— É isso aí, bicho.

Anistia tem preço? Perdão geral traz condições? Os solteiros da oitava desconfiam que sim. Basta ver que, no dia seguinte ao da passeata pela igualdade dos sexos, a aula de educação física do professor Durães, mais conhecido por Durão, virou outra.

Para início de conversa, dispensou entrada em vestiário e uniforme de jogo.

— Não, nada — avisou. — Ninguém precisa meião nem chuteira.

Depois, aboliu o ritual costumeiro que vai do alongamento, passa pelo suor e acaba na ducha. A ordem foi sentar na arquibancada do ginásio e prestar atenção. Aí, veio e falou:

— A partir de hoje, uma vez por semana, vamos substituir a prática do futebol pelo estudo de textos sobre o futebol. Instruções da diretora — tratou de esclarecer, distribuindo um texto a cada aluno. — Leiam em silêncio — disse então. — Leiam duas, três vezes e tentem entender o que o poeta Carlos Drummond de Andrade escreveu sobre a Copa de setenta.

— Pô, a educação física, agora, virou clube de leitura? — Diego resmunga.

— Virou! Alguma reclamação? — berra o Durães, justificando seu apelido.

— Acontece que as meninas jogam vôlei — nota Raul. — Por que a gente não?

— Porque vocês estão na UTI da redação — segue o durão. — Unidade de Terapia Intensiva de Língua Portuguesa e redação! Ou tomam soro de escrita na veia, ou secam de vez! Agora leiam o que está no papel e me digam se o poeta falando é algum fanático por futebol.

COPA DO MUNDO DE 70

I / Meu coração no México.
Meu coração não joga nem conhece
as artes de jogar. Bate distante
da bola dos estádios, que alucina
o torcedor, escravo do seu clube.
Vive comigo, e em mim, aos meus cuidados.
Hoje, porém, acordo, e eis que me estranho:
Que é de meu coração? Está no México,
voou certeiro, sem me consultar,
instalou-se, discreto, num cantinho
qualquer, entre bandeiras tremulantes,
microfones, charangas, ovações,
e de repente, sem que eu mesmo saiba
como ficou assim, ele se exalta
e vira coração de torcedor,
torce, retorce e se distorce todo,
grita: Brasil! com fúria e com amor.

GUERRA É FRIA

— *Cold war* — Shirley Bell explica: — é *cold*, frio, *war*, guerra. *State of tension between nations*, estado de tensão entre nações, *unfriendly relations between nations*, relações *no* amigas entre países, cada qual tentando prejudicar o outro com *hostile propaganda*, mesmo durante a *truce*, trégua, ou suposta paz, *peace*. Vamos lá: *shelter*, quando substantivo, é um abrigo, alguma coisa que dá proteção, contra o mau tempo, contra *bombs*...

— E guerra de nervos? — Diego pergunta.

— Hum... Acho que é *psychological war*.

Shirley Bell está deleitada com o interesse de Diego pelo vocabulário militar. Tem trabalhado um pequeno texto sobre a *Civil War* americana e a *War against the mafia*, persuadida de que o que faltava em sua aula, para motivar os *boys*, era uma temática mais propriamente masculina no ensino do inglês. Para as *girls* da classe, é óbvio que a Shirley Bell mudou seu método de ensino, atendendo ao *male reabilitation program* que a diretora impingiu no nono para salvação de quem sabemos.

Por falar em reabilitação, dá gosto ver o proveito que Jaime está tirando dos encontros diários de meia hora com a orientadora psicológica. Vem se sentindo mais compreendido e confiante. Durante a sessão de orientação, até guitarra já tocou, composição sua, inspirada pela orientadora e a ela dedicada.

— É legal — conta aos colegas. — Não fica bronqueando porque dei um amasso na Débora. Diz que sabe que eu não sou de fazer aquilo de novo, porque isso de beijar alguém na marra não sou eu. Foi um outro Jaime que fez, e não eu. Justamente, tá me dando coragem de eu ser eu.

Aos colegas só conta metade da história, é claro, pois eles não sabem o pai que Jaime tem. Agora, para a orientadora, não tem segredos. Contou-lhe do medo que teve de o pai descobrir que seu namoro com a Débora era inventado, de como isso o embananou a ponto de agarrar a Débora feito um doidão. Por ele, acha a Débora bonitinha, mas enjoada. Entre ela e a guitarra, mil vezes a guitarra. Queria ter coragem de enfrentar a forçação de barra do pai, dizendo-lhe na cara: "Não enche, pai, sou solteiro graças a Deus, e se quiser ser a vida inteira, assunto meu".

Empolgada com essa resolução, a orientadora foi à casa do Jaime, a fim de levar um papo a três (ela, Jaime e o pai do Jaime) sobre o "ritmo íntimo de cada um". O pai adorou. Quando a orientadora saiu, o pai de Jaime virou-se para o filho e falou: "É isso aí, filho, vai firme no teu ritmo".

Então as coisas, por dentro, vão melhorando. Com a orientadora a seu lado, Jaime se sente fortalecido e mais ele. A melodia que lhe dedicou, quase toda instrumental, tem a intervenção dessa única frase que se repete, como um refrão: "Orientaçããão, eu quero uma pra viver".

Quem, de repente, se sente estranha é a Vera. Nunca foi de fazer dever às pressas, em cima da perna, por assim dizer, minutos antes de sair para o colégio, como nesse instante, enquanto engole o café da manhã. Acontece que na véspera deu de abrir na cama o *Meninas inteligentes, escolhas péssimas* e leu cem páginas de enfiada, até o sono bater e ela apagar.

Então, agora, tentando fechar o teste de matemática, não consegue somar dois com dois. Pela primeira vez, vai entregar o dever pela metade. "Azar", pensa, vendo que o relógio marca sete e dez. "Ou entrego pela metade ou falto na aula." Pensa também que vai ser engraçado piorar nas notas porque leu demais.

Apesar disso, quer acabar o livro hoje e passá-lo para Natália, louca pela opinião dela sobre uma série de pontos. Também está louca para ler, da mesma autora, *O complexo de Pinóquio*, sobre garotos que enveredam no caminho da vadiagem loroteira.

Uma hora em que a autora a fisgou, de deixar sequela, foi quando propôs o seguinte exercício: "Imagine-se daqui a alguns anos. Você formou-se em Direito. Depois de formada, dedicou-se aos estudos por mais três anos. Passou no puxado concurso para a carreira diplomática, que fará você atuar como representante do Brasil em outros países do mundo. Satisfeita, e com razão, você comemora a vitória com o namorado, dizendo-lhe: 'Querido, estou tão contente porque passei no concurso! Agora posso sustentá-lo. Você pode se dedicar ao *skate* e ao fliperama como sempre quis'". Nesse momento, a autora pergunta: "Seu namorado quer isso? Sim? Muito bem, encontrou em você a mulher perfeita. Diga-me, porém, com franqueza e rapidez: Você quer isso? Não? Então, cara leitora, seu namorado é ótimo para outra pessoa. Para você, é uma escolha errada, quando não, péssima."

A moral do exercício é ver Diego, de *skate*, levando o filho à creche, e depois indo jogar fliperama, sem outra conversa em casa além de *skate*, fliperama e futebol, é claro. Essa visão persegue Vera e não a larga mais. Ela pensa: "Como pode um livro revelar com tanta clareza o que entrevejo de modo confuso e até temia enxergar?".

— Poxa! — diz a si mesma — A autora de *Meninas inteligentes, escolhas péssimas* passou limpa-vidro nas lentes com que eu enxergava o mundo. Como não pensei? Enquanto a felicidade, pra mim, supõe uma casa abarrotada de livros, pro Diego, nem sei...! Enquanto meu projeto de vida é fortemente mental, o dele é pra lá de vagal. Sim, não adianta disfarçar, a palavra é vagal, provado, comprovado, reprovado, e ponto final. Gostar dele é uma perversão estrambótica que eu tenho!

Que a escolha é péssima, entendeu. O que não entendeu é por que meninas espertas como ela gostam de escolhas péssimas como Diego? Não seria mais lógico gostar do Alex, que curte fósseis, quer ser paleontólogo e ao menos estuda mais um pouquinho que o resto dos vagais do nono? Por que não sente atração pelo Alex? Vontade nenhuma de chegar perto, sentir a respiração dele perto da sua. De re-

pente, tem a impressão de que é mais fácil entender o programa didático do nono do que entender-se a si mesma.

— Ai, céus! — vem suspirando —, quando pensava que estava livre do Diego, o que aconteceu?

O beijo na fila da cantina e, mais ainda, o "não" chapado que ele lhe deu reavivaram nela uma brasa cinzenta que estava a ponto de virar carvão.

— Ai, céus!

Como entender o fenômeno? Será que o problema é dela? Sendo dela, que problema é esse que ela tem? Será que sua queda por vagais é um problema de autodestruição?

Até a noite de ontem, era um poço de certezas. Hoje, não sabe se o Sol no céu é a Lua em chamas. Parece que emburreceu. Ontem, sabia que queria ser cirurgiã, como a mãe. Hoje, só sabe que quer ser doutora. Ignora se isso significa ser médica, advogada, juíza, professora, deputada, delegada, diplomata, governadora. Ontem, tinha o maior orgulho de ser a primeira da turma. Hoje, se pergunta se isso não é doença.

Quer se sabotar, envolvendo-se com parceiros inadequados?

— "Diz-me com quem andas e te direi quem és." Ai, céus, andando com Diego, vão dizer que sou retardada!

Que rumo tomar? Como impedir seu corpo de ir para um lado, levando junto o coração, enquanto a cabeça, a mil por hora, vai na direção oposta? Como enterrar bem fundo, no passado, um namorado que não serve para a gente? Ir em busca de quem serve é egoísmo? Como decifrar Diego? Vagais como ele têm salvação? Tomara que *O complexo de Pinóquio*, que hoje mesmo Vera vai comprar, elucide essas questões.

Enquanto isso, Dona Iolanda se comporta como atriz de filme de mistério em castelo mal-assombrado. Animação, tranquilidade... Sumiram. O menor ruído lhe causa susto e sobressalto. O rosto carrega uma apreensão constante, que parece aumentar a cada dia que passa.

Se na manhã da passeata engoliu com admirável elegância a acusação de "feminista preconceituosa" que os piqueteiros lhe atiraram, hoje dá aula desajeitada e troncha, evoluindo pelo colégio como quem pisa em ovos ou num terreno minado.

Adentra a classe em câmera lenta, olhar cravado no piso de cerâmica. Ainda em *slow motion*, deposita bolsa e pastas na mesa de trabalho, como a temer que um gesto brusco a detone pelos ares. Ministra a aula de maneira seca e mecânica, como um robô enferrujado. Ao terminar, sai calada e cabisbaixa como entrou, evitando proximidade com alunos, seja de que sexo for. Forçada a falar, usa monossílabos: "Sim", "Não", "É?", ou uma linguagem abreviada, típica de quem se julga devassada por dispositivo de escuta eletrônica.

De espontânea que era, virou obcecada com a igualdade. Daí, se troca duas palavras com Vera, dispara a trocar duas palavras com Diego. Se entreabre meio sorriso a Natália, precipita-se e estica meio sorriso a Gerson. Se a explicação a Ingrid durou dois minutos cronometrados, a dada a Raul terá no mínimo duração idêntica. Ao menor trato com Débora, requer Jaime de testemunha, assim por diante.

Quanto aos conhecimentos de gramática, não é dizer que se esqueceu deles, mas morre de medo de se comprometer. Há pouco, quando Isac lhe perguntou se a concordância da oração "os meninos e as meninas ouvidas" era possível, Dona Iolanda pediu cinco minutos e foi consultar a orientadora psicológica antes de responder. Aí vem Ingrid, querendo saber:

— Como é mais certo dizer: o personagem ou a personagem?

Dona Iolanda vai à porta, verifica o corredor vazio, depois diz:

— As duas formas são aceitas pela norma culta do português falado no Brasil, mas, para mim, pessoalmente, "o personagem", no masculino, soa mais plástico, fonético, estético, atemporal, universal, vigoroso, harmonioso, abrangente, democrático, potente, competente, eficaz e absoluto.

É ultra-estranho.

A uma semana das provas finais, as olheiras da professora são visíveis sinais de insônia crônica. Noite após noite, tem acordado defrontada com o dilema de escolher um de vários caminhos: ser ou parecer; ensinar ou agradar; formar, informar, reformar ou deformar. Esse debate de consciência que o inconsciente lhe impõe a impede de reatar o sono dos justos.

Tem feito o possível para ajudar os meninos do nono que "se lascaram", como Raul, a alcançarem boas médias nas redações. Pediu na última prova: "Descrevam um estádio de futebol em dia de jogo" ou "Criem um diálogo (entre dois falantes) a partir da afirmação: Ronaldinho já era". Não foi estender-lhes mão amiga, até mesmo em prejuízo das garotas? Que mais fazer nos limites da decência e retidão?

Para cúmulo do azar, as correções da monitora de português são mais severas que as suas, as notas, portanto, mais baixas. A moça, sim, ornamenta as páginas dos alunos com luxo de riscos, flechas, cortes, emendas e críticas em tinta vermelha. Dona Iolanda, depois dela, perde toda margem de manobra para beneficiar este ou aquele.

— Do modo como a coisa vai mal — comunica à diretora, referindo-se ao programa de reabilitação dos anistiados do nono —, o melhor, nesse final de ano, seria só a monitora corrigir as redações, tanto como meio de me preservar como de preservar o Urbano da acusação de preconceito, não acha?

— Não senhora — diz a diretora. — Se algum aluno for reprovado apenas por decisão da monitora, aí mesmo é que as acusações vão chover. Não se esqueça, Iolanda, você é mestra em Língua Portuguesa e sua tese leva título: *A dissertação juvenil no Brasil*. Não abro mão de sua tarimba.

Resta a Dona Iolanda seguir o conselho da Shirley Bell e pedir a Deus que a ilumine no instante supremo do Juízo Final. Ei-la que reza antes de rever suas correções e dar as médias anuais:

— Transformai-me, Senhor, na santa protetora do nexo, da ortografia, do respeito ao tema e da clareza de expressão no uso do vernáculo. Dai-me a coragem de aumentar as duras avaliações da monitora de português, onde quer que uma brecha me permita socorrer um cordeiro tresmalhado. Levai em conta meu marido desempregado e minhas duas filhas para criar!

Ocorre que, como Deus a dotou de boa visão, ao fechar de novembro as evidências são claras. Não há como fugir pela tangente: seu quadro de notas a força a cumprir o amargo dever de reprovar os alunos Diego, Raul e Gerson.

— Shirley Bell, procura teu abrigo, que lá vem bomba! — grita Salete.

Monitora, professoras, orientadoras e diretora acabaram de confirmar, em reunião exaustiva, a reprovação de Raul em tudo, exceto em educação física. Em português e redação, relevando o fato de que Ingrid escreveu metade dos textos que ele apresentou no ano, a melhor obra que gerou sozinho foi xerocada e arquivada, em vista de futuras complicações. Uma cópia vai abaixo:

O amor contagia

(Redação com as dez linhas mínimas que Dona Yollanda esigiu)

O amor contagia. Contagia no duro. (Introdução)

É como a dengue. Inclusive o mosquito dá dengue porque é dengoso; diz o povão. Não fosse dengoso, não dava dengue, só picava e coçava a perna da gente ou o braço ou a barriga ou outra parte do corpo que eu não vou dizer porque eu não sou autor pornográfico. Demais, se o mosquito da dengue não desse dengue, outro bicho daria. (Desenvolvimento)

Isto posto, concluímos que o amor contagia e que o mosquito que dá a dengue, dá dengue mesmo. Sendo a dengue uma fatalidade tropicalista da chamada realidade brasileira, a nível de Brasil. (Conclusão)

Fim

As bombas transformam em fração de segundo a vida em morte, a comédia em tragédia, metrópoles e megalópoles em ruínas e escombros. Só que as bombas que estouraram no nono não resultaram de botões pressionados ou de gatilhos acionados. Resultaram, para Vera, Ingrid, Natália, Débora, Salete e amigas encalhadas, da ação prolongada do fator "cinco tês", que, segundo elas, significa: "Teima, turronice e tapadice de três tolos". Vera acrescenta, sem piedade:

— O colégio se ajoelhou aos pés deles. Mesmo assim, os idiotas não quiseram dar o braço a torcer. Deu no que deu. Complexo de Pinóquio, purinho.

O caso de Diego e Gerson, para além das notas péssimas, foi um pouco diferente do de Raul. Computada a frequência no segundo semestre, provou-se que os dois cabularam aula uma semana inteira. Até aí, nada catastrófico. Só que em vez dos cábulas admitirem que as faltas se deveram a uma febre de treinar em tempo integral para as Olimpíadas, Diego apresentou atestado médico forjado pelo Pablo, e Gerson contou que o pai, na semana em questão, tinha largado a mãe para viver com outra, e ele precisou segurar a barra da pobre mãe, que quase pirou. Põe Pinóquio no complexo todo!

À PAZ

"Guerra, meu, é devastação.
Quem sobrevive tem de ralar na construção,
Catar os cacos, juntar os trapos,
Enterrar os cadáveres, claro, senão dá epidemia pior que a dengue..."

"Droga!", Gerson pragueja, desligando o computador. Quer compor um *rap* pós-bomba, cadê a inspiração? A tristeza, nele, dá vontade de criar letras de música. E hoje está triste de querer soluçar um choro antiquado, de espremer um *funk* sofrido. Para variar, começa e larga no meio. É sempre assim, consegue costurar duas, três frases que o agradam e pimba, *tilt*, a máquina emperra e ele sai frustrado. A máquina que emperra é ele mesmo, claro. Vencer o bloqueio dá muito trabalho. É como fazer dever de casa. Tentar puxar, puxar, puxar alguma coisa de dentro dele, alguma palavra, alguma ideia, que talvez nem esteja morando lá dentro, e, sim, no dicionário, é esforço demais. Melhor ligar a televisão. Ou não? Melhor parar de se torturar e falar logo com a mãe.

Vantagem de pais que trabalham em casa: a gente fala com eles quando quer. É só empurrar a plaqueta de "Marina e Lauro arquitetos", aguardar que a mãe tire os olhos da prancheta e vire-se para ele, enquanto o pai atende um cliente.

— E aí, filho, conseguiu a média?

— Não, claro que não, não basta olhar pra minha cara?

— E aí? — A expressão da mãe, nesse ponto, já é fúnebre. — Ficou de recuperação?

— Não.

— Como não? — A mãe se levanta e sai com Gerson, fechando a porta atrás de si, a fim de que o pai e o cliente não ouçam.

Gerson, então, diz:

— O Diego, o Raul e eu, a gente vai ter de repetir o nono. Essa carta explica. Estende à mãe um envelope pardo, onde se lê: "Confidencial".

— Não dá pra repor as matérias nas férias, cursar um intensivo de verão?

— Não. Vou ter de cursar o nono de novo.

— Pô, Gerson, pensa que sou o quê?! — A mãe, de repente, parece que esqueceu o cliente ao lado. — Lina Bo Bardi, por acaso?! Acha que teu pai é o Niemeyer?! Beleza, pagar mais um ano de escola! Sabe a facada que representa no nosso orçamento?

Isso é o aperitivo. Cliente ido, servem o caldo grosso que entorna e queima. Consequência: mesada cortada no ano que vem. O pai, apoplético, sacode a carta que o colégio mandou:

— Como é que é?! Larguei sua mãe pra ir viver com outra?! Sua mãe só não pirou graças a você, que faltou às aulas durante uma semana inteira pra cuidar dela?! Cozinhou, arrumou, contou piadas, impediu que ela desmoronasse, dizendo que era linda, que se eu não voltasse ela arranjava outro melhor?! Enfim...

Gerson, às vezes, tem inspiração.

Raul nunca se iludiu. Soube que estava lascado desde o começo. Por isso deixa o pai bronquear à vontade, sem questionar ou interromper.

— Basquete? Joga na quadra do colégio da rede, aqui perto. Tentei te dar boa instrução, cara, instrução de classe média brasileira, que dizem, pela cidade, prepara melhor pro vestibular. Verdade ou não, é o que dizem. Prepara melhor quem não é vagabundo como você. Tem mais: ano que vem, não vou mais pagar escola pra você. É isso mesmo, vai para o ensino público, e, se não passar, vai trabalhar, meu chapa. Acabou-se estudo. Acabou velho trouxa bancando vadio. Cursa aí um supletivo à noite e trabalha de dia como milhares de jovens da tua idade. Basquete é uma boa. De repente o Michael Jordan te põe no time dele. Quero só ver! Teu metro e oitenta é anão no *Dream Team*. É anão no basquete brasileiro, no russo, no chinês. Vai, vai carregar placa de "Abaixo o preconceito contra anão!". Te dei tua oportunidade, você desperdiçou. Ainda te dou um ano de quebra na escola pública e olhe lá. Agora, vai cortar a grama, vai, faz alguma coisa útil se quiser continuar morando aqui. Ah, mesada, nem sonhar!

Seja como for, Raul prefere o pai bronqueando a ver a mãe chorando, fininho, sem murmurar uma palavra.

O normal pra Diego seria ouvir estrilando nos tímpanos: "Quantas vezes não falamos pra maneirar o *skate* e o fliperama? Mês passado quase jogamos fora tua coleção de pranchas com rodinhas diante do boletim que você trouxe. Com o belo alerta: 'Diego, este ano, fez bons trabalhos em equipe, mas seu trabalho individual está péssimo'. Pô, Diego, qualé?".

Em vez disso, ouve quieto e encolhido, no sofá, a bronca que os pais lascam no Pablo, sentado, defronte, na poltrona. O pai, de pé, quase amassando a carta confidencial que a diretora mandou, no nariz do filho mais velho:

— Francamente...

Já repetiu isso umas cem vezes.

— Francamente, Pablo, as burradas de Diego ainda passam. Mas *você*?

— Um marmanjo barbado? — emenda a mãe.

Pablo resmunga:

— Sou sempre eu que pago o pato!

— Nem vem que não tem — retruca o pai, louco da vida. — Já é quase maior de idade, terminou o Ensino Médio, é candidato a vaga no Curso de Direito da Federal. Como é que quer passar no vestibular? Burlando provas? Forjando atestados médicos? Escrevendo tratados sobre a *des*criminação racial?!

— O traficante de drogas é mais culpado que o viciado — lembra a mãe.

O pai, repisando:

— Corrupção de menores dá cadeia, sabia?

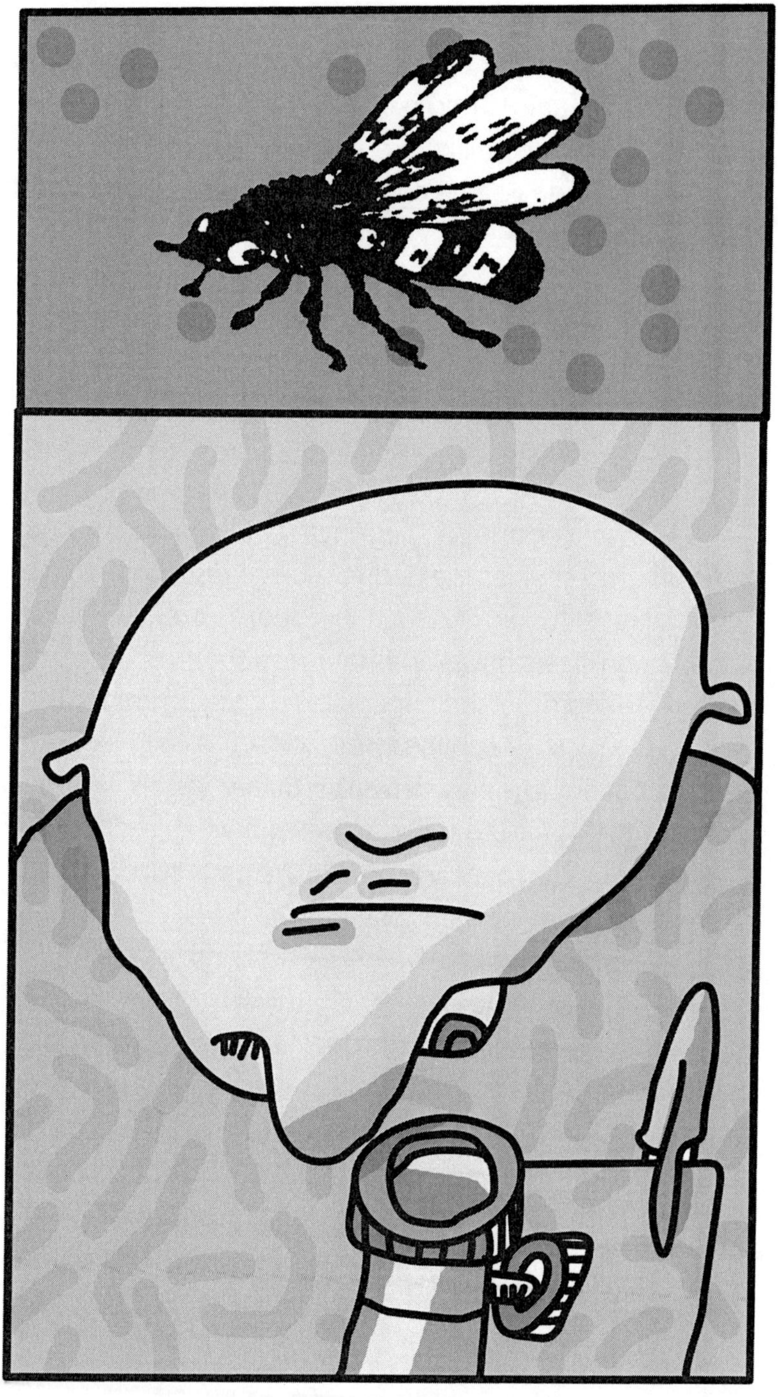

— Tô roxo de saber — vira Pablo. — Como sei que nesta casa, aconteça o que acontecer, Diego é sempre um anjo, anjo, anjo! Tudo o que apronta é uma gracinha. Eu, tudo o que faço é lixo e esgoto.

— Não diga isso — corta a mãe. O pai, aproveitando o gancho:

— Então, o que você quis... Foi se vingar do teu irmão?

A vontade de Diego é berrar: "Sacana! Forjou o atestado pra me ferrar?", só que seria cinismo demais. Afinal, o que o Pablo disse é verdade. Ele é meio o queridinho da casa. Pintou zanga no cenário, Pablo sempre leva a pior.

— É vai ver que foi vingança — diz Pablo com um travo amargo. — Eles me pediram uns *papers* sobre a discriminação, e eu, de vingança, perguntei pro Raul: discriminação ou descriminação? Raul respondeu: "descriminação". Diego e Gerson concordaram: "descriminação", aí, de *vingança* — sublinha, irônico —, escrevi sobre a descriminação, pra eles deixarem de ser vagais. Ao menos dei uma boa lição neles, isso sim!

— Bem, o *paper* foi lição. E o atestado foi o quê? — cobra o pai, com ironia dupla.

— Foi pra ajudar o Diego a passar de ano.

— Ajudar como?

— Abonando faltas, porque ele estava com problema de falta, pediu pra eu quebrar o galho. Disse que os professores do Urbano nunca esmiuçam atestado médico que aluno traz, só querem um papel qualquer que justifique a falta. Pode ser bilhete de mãe, dizendo: "meu filho não se sentiu bem esses dias, por isso deixei ficar em casa...". Uma coisa eu sei: se o mano tivesse tido notas boas, ninguém ia questionar o atestado, ele passava de ano e vocês estavam me agradecendo.

— Viva o salvador da pátria! — brada o pai, no limite da impaciência.

Entretanto, a mãe, intervindo com moderação:

— Quem sabe se Pablo não é o salvador? Vamos todos vestir a carapuça — diz ao marido, perguntando, em seguida, ao caçula: — O que tem a dizer?

Ante a demora deste em responder, o pai provoca:

— Perdeu a língua?

Diego faz um não com a cabeça, daí diz:

— O que eu tenho a dizer é que... O mais culpado sou eu mesmo.

— Isso, e vai pagar a culpa, repetindo o ano, bem repetido — diz a mãe.

— E com arrocho de grevista da Volks, no ABC paulista — o pai complementa.

— Como assim? — vira Diego.

— Explica pra ele, Pablo — o pai fala, com um afago no ombro do primogênito.

— É que na última greve na Volkswagen, em São Paulo, os trabalhadores tiveram de aceitar redução de salário pra não perder o emprego...

Mesada diminuída, cortada ou suspensa é o de menos, concordam plenamente Gerson e Diego, curtindo fossa juntos, por telefone. Casa vazia, sem Pablo na percussão ou xeretando, Diego desabafa em liberdade:

— Tô me sentindo derrotado. E você?

— Pra lá de derrotado — confessa Gerson, no outro extremo da linha, e também sozinho em casa. — Tô até pensando em mudar de colégio.

— Não paga a pena. A gente fez por onde, tem de aguentar.

— Aguentar outro ano de Shirley Bell, Iolanda, Durães-durão?

— É, vai ser dose. Engraçado, nunca pensei levar bomba na vida. Achava que essas coisas não iam acontecer comigo, só com os outros.

— Eu, não. Todo ano pensava que ia dançar, no fim passava raspando.

— Pior que quem menos gosta de escola é que vai ficar mais tempo nela.

— Sabe o que a Natália me disse? Que a vida é dura pra quem é mole. Tô pra ver prazer igual de me humilhar.

— E a Vera? Foi na diretora e se ofereceu pra me dar aula particular nas férias se me aprovassem. Falei pra ela: "Corta essa, a mãe quer que eu repita o ano, bem repetido". Sério, prefere que eu vá devagar, sabendo alguma coisa, do que depressa, sem saber nada.

— Já pensou, em março, a galera do oitavo estudando com a gente?

— Chamando a gente de repetente?

— Pra mim, o pior de tudo foi a decepção dos velhos.

— Pra mim, isso aí, e pensar na Vera toda feliz no Ensino Médio, achando a gente uns lascados. O Raul, então...

Quando lembram que Raul vai repetir o ano na escola pública do cafundó rural onde mora, o jeito é dar um tchau e desligar. Não dá mais para falar direito, que a voz embarga. Parece que um pedaço bom da vida deles está se desprendendo e indo embora para sempre. Um pedaço, assim, como se fosse da alma deles, vai se afastar, se afastar, se afastar, provavelmente sumir de vista, ficar no passado. Um dia, Raul cruzará com eles na rua e, de repente, dirá: "E aí, caras, tão lembrados de mim? Estudei no Urbano até o nono ano com vocês!".

O efeito de um livro na vida prática dos seus leitores é imprevisível. Mesmo quando várias pessoas entendem a moral da história de um mesmo jeito, mesmo quando interpretam a mensagem da obra de igual forma, o efeito prático desse consenso é bastante diverso em cada um.

Assim, depois de ler *Meninas inteligentes, escolhas péssimas*, três meninas elegantes se convenceram de que namoraram, outrora, cobra, jacaré e elefante. O que as levou a efetuar essa escolha extravagante? Tão descombinada com o que elas são? Ou acham que são? Essas perguntas encucam Vera, que procura se entender nas profundezas do seu ser. Para Ingrid e Natália, basta saber que os respectivos jacarés e elefantes estão no zoológico dos repetentes e que elas escaparam das garras deles em boa hora. Um recado que angustiou uma causou desafogo em outras duas.

Acompanhar as duas aliviadas na praia do litoral catarinense, onde foram passar as férias, e observar como caminham pela orla aguada é concluir que de fato estão em outra, como se gabam entre elas, salientando, matreiras: "Estamos em outra atmosfera e disposição". Ali, com elas, "xô, encucamento". Natália garante que não sente mais nada pelo Gerson, e Ingrid, tampouco pelo Raul. "Nada", esclarecem: "Nem raiva, nem nojo, nem saudade, só indiferença", lembrança, assim, meio envergonhada, das besteiras que fizeram no Ensino Fundamental, que se acabou.

Na praia onde andam risonhas "tem tanto surfista interessante!", observam, emendando: "pelo menos de corpo". Difícil sentir saudade de Raul e Gerson. "Tanto cara alto no pedaço", constata Natália consigo, enquanto Ingrid se diz, no íntimo: "Não, nem que Raul faça plástica nos neurônios, não quero mais".

Bom é desfilar sem lenço nem documento pela areia espumada, o futuro voando como gaivota em céu aberto. Poder encarar a entrada no Ensino Médio como um livro de páginas brancas que um ilustre desconhecido escreverá.

Encontro inesperado dá-se no Instituto de Identificação da Secretaria de Segurança Pública, que fica próximo ao Colégio Urbano, entre dois jovens que lá foram tirar os documentos de identidade. Na antessala da seção onde irão fichar as impressões digitais, aguardam chamada há meia hora. Uma vez que já se conheciam e o destino os colocou lado a lado num banco longo, sem encosto, vão conversando numa boa:

— Incrível, né, bilhões de sujeitos no planeta, e não existem duas impressões digitais iguais. Deixa ver seu polegar... Não, o direito...

— Uai, clone tem tudo igual, não tem não? Até impressão digital.

— É mesmo, não tinha pensado, o cara clonado deve ter. Imaginou, a cigana vai ler a mão dele e vê um futuro igual ao do modelo original? É muito louco! Deixa eu ver tua mão. Ih, você vai viver às pampas, sua linha da vida é enorme. Deixa ver, fecha o punho. Essas preguinhas no canto do mindinho são os filhos que você vai ter.

— Então, vou ter três.

— Eu também vou ter três, olha só.

— A mão do meu clone teria a mesma linha da vida, as mesmas pregas?

— Claro, mesma mão, cotovelo, língua, umbigo, é de baratinar a gente.

— Deixa ver tua linha da vida. Aí, ó, também é grande.

No dia da coleta das impressões digitais é só o que descobrem em comum. Entretanto, dias depois, quando voltam ao Instituto de Identificação a fim de receber as carteiras prontas, descobrem mais. Conversa vai, conversa vem, percebem ter em comum pais que se intrometem até a medula na vida deles.

— Você sabe, né, meu pai não dá espaço pra eu respirar. Quer que eu fique em casa direto. Não quer que eu namore, não quer que eu vá a festas (sem levar minha mãe a tiracolo), não quer que eu vá desacompanhada à padaria. Nem sei como vou me casar algum dia. Pra eu vir sozinha ao Instituto me registrar foi um sufoco.

— Engraçado, meu pai é igualzinho ao seu, só que pelo avesso. Enquanto o teu parece que te freia pra caramba, o meu me empurra na base da espora o tempo todo.

Quem achou que os novos portadores de cédulas de identidade emitidas na mesma data e local são Débora e Jaime acertou. Por esses dias, andam se telefonando e redescobrindo que têm em comum a experiência de um beijo canhestro, vivido no banheiro masculino da biblioteca do Urbano.

O que complica a vida de Vera é sempre ver Diego jogando bola no campo defronte. "Pelo visto não saiu de férias", cogita, avistando-o, sendo que ela própria acabara de chegar de viagem. Andou pelas cidades históricas de Minas Gerais. Uma semana, com a mãe, visitou Tiradentes, Ouro Preto. Na outra, visitou o pai, em Sabará.

É lá que ele mora com a segunda mulher, levando vida de interior mesmo, sem muita curiosidade pelo que acontece no mundo; isso, na opinião tanto de Vera quanto da mãe. É dono de um bar-lanchonete, que dirige com a mulher, decerto provando mais pastéis e cervejas do que deveria. Basta ver a barriga saliente que carrega. Quem te viu, quem te vê, pensa Vera. Tem uma foto do pai ganhando medalha de ouro em natação, quando moço. Parecia um atleta. Quem vê agora não reconhece. Também, com a vida parada que leva! Podia nadar, caminhar, se mexer mais. Ocupar mais a cabeça também. Talvez escrevendo artigos para algum jornal, porque, afinal, ele é formado em Jornalismo e costumava ler muito antigamente. Agora é balcão, televisão, televisão, balcão. Vera acha um horror de monótono.

Quem vê, hoje, o pai e a mãe de Vera pensa que eles nasceram em países diferentes. A mãe, supersintonizada com o que há de mais moderno em neurocirurgia. É superocupada, participa de mil congressos mundo afora, alivia a dor de um bando de gente que ela opera. Imagi-

nou se enchesse a barriga de chope e pastel antes de operar a coluna de alguém?

Vera visita o pai nas férias e em certos feriados prolongados. Este ano, por acaso, acabou que só o viu em julho e agora. Não sente muita afinidade com ele. A madrasta é gente boa. Em verdade, ela conversa mais com Vera do que o próprio pai da garota. Em todo caso, ele aprecia o sucesso da filha nos estudos e se interessa pelas novidades que ela conta.

Divertiu-se a valer com a história da guerra que estourou no nono entre as "encalhadas por livre e espontânea vontade" e os "solteiros graças a Deus". Depois, como estavam conversando no jantar, brindou com o copo de cerveja: "À guerra das sabidas contra os atletas vagais!". Não passou um segundo, consertou: "À paz!". Em seguida, comentou, olhar perdido na toalha da mesa: "Tua mãe, sabida, e eu, vagal, também brigamos e fizemos as pazes, separados". Vera não gostou de ouvir "tua mãe, sabida, e eu, vagal". Não gostou nem um pouco. Queria esquecer a maldita comparação. Mas a frase despencou em sua cabeça como meteoro desgovernado, como que avisando: "Oi, querida, vim pra ficar".

No horário de verão o futebol no parque se estende até às sete, quando o céu escurece. Hoje, a vontade de descer e perguntar a Diego o que tem feito, como é que vai, o que anda fazendo, é grande. Tem tido notícias do Gerson, do Raul? Voltei de viagem, sabia? A vontade de ir lá dar um alô de tal modo a confunde que, em vez disso, vai à sala e pergunta à mãe, reclinada no sofá, a folhear revistas:

— Por que você se casou com o homem errado?

— Essa pergunta vale um milhão — diz a mãe, despregando os olhos do periódico em mão, a acrescentar: — A gente se apaixonou, casou, teve você, valeu a pena, não valeu?

— Não foi uma escolha péssima sua e do pai?

— Naquela época, não parecia assim. A gente gostava de ir à praia, nadar além da arrebentação, ir ao cinema, dançar; só percebia os pontos que combinavam. Depois, o tempo foi definindo tendências que, quando a gente se casou, mal suspeitava que tinha. Eu mesma ignorava que iria escolher o caminho da cirurgia e que isso iria supor todo um estilo exigente de vida. Seu pai, por sua vez, era cheio de projetos jornalísticos que nunca realizou. Nunca teve perseverança, disciplina. Foi desistindo dos sonhos, penso eu, se entregando à preguiça. É assim que eu vejo.

— Acha que o Diego e eu vamos pelo mesmo caminho?

— Você com Diego? Uai, não acabaram o namoro faz tempo?

— Acabamos, mas aí vejo ele jogando bola aqui em frente e me dá vontade de ir lá falar com ele.

— Vai, ué. Algum problema nisso?

— Esquece que o Diego levou bomba e eu passei de ano muito bem? Que enquanto vou estudar na ala nova do colégio, ele segue na velha, com as mesmas Shirley Bell e Iolanda? Que as tietes do oitavo, que o achavam o máximo, vão ter ele em conta de vagal?

— Por causa disso, acha que guardou mágoa de você?

— Acho, porque a bomba dele, no fundo, tem a ver

comigo. Puxei o tapete dele, de repente, sem dar tempo dele se preparar.

— Mesmo assim ele abusou da folga. A pessoa que abusa do que quer que seja, comida, álcool, cigarro, vagabundagem, tem de saber que, belo dia, as consequências vêm, e, muitas vezes, sem bater na porta.

— É, mas depois que eu disse: "Chega, tudo tem limite. Ou você, Raul e Gerson trabalham direito ou caem fora da equipe", podia ter dado um tempo maior, não precisava ir logo dedurando a "malandragem" deles pra Dona Iolanda...

— Vá lá que sim, mas esses meninos podiam ter estudado mais e evitado a reprovação. Enfim, "o caminho só existe quando a gente passa por ele", não tem uma música que diz isso?

— E se o Diego ficar complexado com a bomba? Se eu arruinei a vida dele?

— Qui! Bota pipoca no microondas e lê o romance que te falei. É ótimo pra relaxar.

— Qual? *A menina que sabia demais*?

— Esse mesmo, lê só, pra ver como é bom.

— Tá, já adivinho a moral da história: "A menina que sabia demais sabia de tudo, menos que o essencial na vida é a felicidade".

— Bem, lendo, saberá...

Os livros são mesmo cheios de manhas e magias.

Vera, em verdade, demora a seguir o conselho da mãe. Ao pegar o livro na estante, contempla a capa negra e rosa-choque, logo dizendo em pensamento: "Não, hoje não. Hoje te ponho na mesa de cabeceira".

No dia seguinte, apesar da chuva, a disposição de ler não aumenta. Bate febre de limpeza e ela faz a faxina do quarto rearrumando tudo, jogando fora toda sorte de papéis e besteiras. À noite, deita-se cansada, comunicando ao romance: "Hoje também não, vou curtir um som". Nisso, dorme com o som ligado.

De manhã, abre os olhos, dá com a lombada do livro quase encostada no seu nariz. Resmunga, enfiando o rosto no travesseiro: "Poxa, que perseguição!". Tem certeza de que a heroína da história se parece com ela, foi por isso que a mãe indicou o livro. Acontece que não está a fim de se ver espelhada por aí.

"Vou pegar três filmes na locadora", avisa, levantando-se, para que a obra entenda que não é a vez dela. Passa o dia vendo televisão. De noite, comunica como sempre ao exemplar na mesinha, pegada à cama: "Amanhã, pra teu governo, vou ao hospital conversar com uma menina que minha mãe operou. Portanto, antes de sábado, nada feito".

A essa altura, vai querendo que as aulas comecem. Ingrid e Natália viajando há bom tempo, sente-se meio só e esquisita, a verdade é essa. Pior que, quanto mais quer se entender, menos se entende. Ainda por cima, a caminho do hospital, dá com Jaime e Débora entrando no cinema de mãos dadas. Aí mesmo é que não entende mais nada e se sente mais só que nunca.

Então, sábado, passeia de bicicleta, almoça com a mãe e, por fim, vai ao livro que ela recomendou.

— Não acredito... — cai em si, logo que lê na orelha: "A menina que sabia demais — uma extraordinária história de espionagem, envolvendo agentes secretos, internautas, roubo de banco e jovem campeã de xadrez".

— Idiota que sou — diz-se, batendo-se com o livro na testa. — Pô, uma história de espionagem, e eu achando que era um tratado sobre a minha pessoa. Só me matando.

Nisso, o interfone toca e ela se levanta para ir atender. "O homem do gás, sábado à tarde?", especula entre o quarto e a cozinha.

— Alô, quem é?

— Diego.

— Diego?!

— Eu. Quer ir ao cinema?

"Essa agora", pensa, embatucada: "Dizer o quê? Sim? Não? Talvez? Outro dia? Perguntar: Diego o quê? Ir aonde mesmo?". No auge da hesitação, decide: "Seja o que o instinto quiser", daí diz:

— Então, sobe. Aqui em cima a gente conversa.

Em instantes, abre a porta da frente, tendo em mão *A menina que sabia demais*. O instinto mandou, ela obedeceu, até como um meio de mostrar a Diego que ela lê nas férias e por isso se sai bem nas redações.

— Oi, tudo bem?

— Tudo. Vamos lá?

— Ao cinema?

— Isso.

— É que...

— Sessão das quatro, tem de ser rápido.

— Sim, não..., quer dizer...

— Quer dizer o quê, Vera?

— Bem, é que... Sabe como eu sou, não sabe? Adoro ler, estudar, aprender. Quero viver lendo, estudando, aprendendo até morrer. Também sou feminista. Pronto, a palavra saiu sem querer. Azar. É isso aí. Quero ser doutora, chegar ao topo, ser independente como minha mãe. Quero lutar pelas mulheres, uma causa assim, entender a fundo alguma coisa. Quer dizer, tenho altos projetos e não vou deixar nenhum vagal empatar minha vida, entendeu? Se acha que pode viver com isso...

— Ei, Vera, acorda — arrisca Diego, insinuando que ela está sonhando.

Vera fica parada, olhos arregalados e boca meio aberta, assustada com o que o instinto a fez dizer.

Diego, então, encolhendo os ombros, mãos nos bolsos da bermuda:

— Só tô te chamando pra ir ao cinema, mais nada.

No tempo dos espartilhos e anquinhas, quando o Rio de Janeiro, de onde venho, era a cidade mais avançada do Brasil, sabidos e sabidas guerreavam neste estilo:

— Não posso matricular-me na universidade?

— Não, senhorita, é proibido.

— Não posso publicar meu livro sem a permissão do marido?

— Não, minha senhora, o chefe de família precisa saber se o que a esposa escreve nas horas de ócio não desonra o lar.

— Não posso votar?

— A lei impede, mui sabiamente aliás, que o sexo frágil se meta onde não é chamado.

— Então, nunca haverá no país escritoras, médicas, juízas, deputadas, senadoras?

— Se houver... Deus me poupe conhecê-las!

Hoje, bem: são asas para que te quero. Duas sabidas já foram prefeitas de São Paulo, a maior e mais rica cidade do país. Outra sabida ocupa assento no Supremo Tribunal Federal. Nada menos do que seis sabidonas elegeram-se para a Academia Brasileira de Letras. Os jornais estampam as estatísticas: "Brasil entra no terceiro milênio com mais sabidas do que sabidos nas universidades".

No tempo das ceroulas e polainas, os sabidos que se prezavam não ousavam sustentar batalhas do gênero:

— Não posso ser bordadeiro?

— Claro que não, não fica bem para um mancebo.

— Não posso viver de jogar *football*?

— *Football*, meu caro, não é meio de vida.

— Só posso ser médico, advogado ou engenheiro?

— São elas as profissões másculas por excelência.

— Minha mulher, afinal, não pode me sustentar?

— Francamente, safa!

Hoje, bem: são asas para que te quero. Que liberdades não têm os sabidos?

A discussão sobre os papéis masculinos e femininos na sociedade é assunto candente no Brasil e no mundo. E ainda vai dar pano para manga, enquanto a humanidade rolar. Gosto de encarar essa briga com humor.

Iniciei carreira ficcional publicando *Nuas* pelo INL/Roswitha Kempf, série de contos que desnudam aspectos da condição feminina. Pela FTD, os livros: *Sai da frente que aí vem gente*, *Nas tramas da emoção* e *Tem encanto no quintal* giram em torno da sabida Carlota: empenhada em viver a fundo. No romance *Mafalda Amaz'Ona*, que lancei pela Editorial Alhambra (que também lançou J.J.Veiga e, como ele, já não existe), fantasio uma comunidade em que as mulheres nascem para o comando e os homens para varrer chão e catar piolhos. Isso, até a heroína chegar e libertá-los da sujeição.

Sou das que celebram a emancipação feminina no século vinte. Graças a ela pude tornar-me Ph.D no Canadá, lecionar vinte e sete anos na UnB, divorciar-me, enviuvar, casar-me de novo, sem ser queimada viva. (Agora, livros, há dez anos não publico sem antes meu marido, que é lexicólogo, ler e revisar.) No mais, acho um luxo pertencer a um país em que posso andar na rua de cara à mostra e cabelo ao vento.

Sobre o ilustrador

César Landucci é designer gráfico, ilustrador, ceramista e xilogravurista. Trabalha com artes gráficas há mais de duas décadas. Ilustrou para o *Folhetim* e o *Leia Livros*.

Em 1992, um de seus projetos gráficos, o da coleção Acorda, bicho-homem, recebeu o Prêmio Jabuti, na categoria Melhor Projeto Gráfico. Suas ilustrações para os livros *Um sonho no caroço do abacate*, de Moacyr Scliar, *O bicho carpinteiro*, de Roberto Athayde, e *Divina flor*, de Marcos Santarrita, receberam o selo Altamente Recomendável da FNLIJ.

Vive em São Paulo, onde tem seu estúdio, o Estúdio Graal.

COLEÇÃO JABUTI

4 Ases & 1 Curinga
Adeus, escola ▼◆🗐☒
Amazônia
Anjos do mar
Aprendendo a viver ◆⌘■
Aqui dentro há um longe imenso
Artista na ponte num dia de chuva e neblina, O ✻★⌖
Aventura alucinante
Aventura na França
Awankana ✎☆⌖
Baleias não dizem adeus ✻📖⌖○
Bilhetinhos✪
Blog da Marina, O ⌖✎
Boa de garfo e outros contos ◆✎⌘⌖
Botão grená, O ▼✎
Braçoabraço▼⚐
Caderno de segredos ❑◎✎📖⌖○
Carrego no peito
Carta do pirata francês, A ✎
Casa de Hans Kunst, A
Cavaleiro das palavras, O ★
Cérbero, o navio do inferno 📖☑⌖
Charadas para qualquer Sherlock
Chico, Edu e o nono ano
Clube dos Leitores de Histórias Tristes ✎
Com o coração do outro lado do mundo ■
Contos caipiras
Da costa do ouro ▲⌖○
Da matéria dos sonhos 📖☑⌖
De Paris, com amor ❑◎★📖 ⌘☒⌖
De sonhar também se vive...
Debaixo da ingazeira da praça
Delicadezas do espanto ✪
Desafio nas missões
Desafios do rebelde, Os
Desprezados F. C.
Deusa da minha rua, A 📖⌖○
Dúvidas, segredos e descobertas
É tudo mentira
Enigma dos chimpanzés, O
Enquanto meu amor não vem ●✎⌖
Espelho maldito ▼✎⌘
Estranho doutor Pimenta, O
Eu, bruxa ✪⚐
Face oculta, A
Fantasmas ⌖
Fantasmas da rua do Canto, Os ✎
Firme como boia ▼⌖○
Florestania ✎
Furo de reportagem ❑✪◎📖⚐⌖
Futuro feito à mão
Goleiro Leleta, O ▲
Guerra das sabidas contra os atletas vagais, A ✎
Hipergame ✍📖⌖
História de Lalo, A ⌘
Histórias do mundo que se foi ▲✎✪
Homem que não teimava, O ◎❑✪⚐○
Ilhados
Ingênuo? Nem tanto...
Jeitão da turma, O ✎○
Leão da noite estrelada, O ●❑☺ ✈🗐✎◎☑○⌖
Lelé da Cuca, detetive especial ☑✪
Lia e o sétimo ano ✎■
Liberdade virtual ✎
Lobo, lobão, lobisomem
Luana Carranca
Machado e Juca ✝▼●☞☑⌖
Mariana e o lobo Mall 📖⌖
Márika e o oitavo ano ■
Marília, mar e ilha 🗐✍✎
Mataram nosso zagueiro
Matéria de delicadeza ✎☞⌖
Melhores dias virão
Menino e o mar, O ✎
Miguel e o sexto ano ✎
Minha querida filhinha
Mistério de Ícaro, O ✪⚐
Mistério mora ao lado, O ▼✪
Mochila, A
Motorista que contava assustadoras histórias de amor, O ▼● 🗐⌖
Muito além da imaginação
Na mesma sintonia ⌖■
Na trilha do mamute ■✎☞⌖
Não se esqueçam da rosa ♠⌖
Nos passos da dança
Oh, Coração!
Passado nas mãos de Sandra, O ▼◎⌖○
Perseguição
Porta a porta ■🗐❑◎✎⌘⌖
Porta do meu coração, A ◆⚐
Primavera pop! ✪📖⚐
Primeiro amor
Que tal passar um ano num país estrangeiro?
Quero ser belo ☑
Redes solidárias ◎▲❑✎⚐⌖
Reportagem mortal
Riso da morte, O
romeu@julieta.com.br ❑🗐⌘⌖
Rua 46 ✝❑◎⌘⌖
Sabor de vitória 🗐⌖○
Saci à solta
Sardenta ☞📖☑⌖
Segredo de Estado ■☛
Sendo o que se é
Sete casos do detetive Xulé ■
Só entre nós – Abelardo e Heloísa 🗐■
Só não venha de calça branca
Sofia e outros contos ☺
Sol é testemunha, O
Sorveteria, A
Sótão da múmia, O ✪⌘
Surpresas da vida
Táli ☺
Tanto faz
Tenemit, a flor de lótus
Tigre na caverna, O
Triângulo de fogo
Um anarquista no sótão
Um balão caindo perto de nós
Um dia de matar! ●
Um e-mail em vermelho
Um sopro de esperança
Um trem para outro (?) mundo ✖
Uma janela para o crime
Uma trama perfeita
Vampíria
Vera Lúcia, verdade e luz ❑◆◎⌖
Viva a poesia viva ●❑◎✎📖⌖○
Viver melhor ❑◎⌖
Vô, cadê você?
Yakima, o menino-onça ✍✍○
Zero a zero

Prêmio Altamente Recomendável da FNLIJ
Prêmio Jabuti
Prêmio "João-de-Barro" (MG)
Prêmio Adolfo Aizen - UBE
Premiado na Bienal Nestlé de Literatura Brasileira
Premiado na França e na Espanha
Finalista do Prêmio Jabuti
Recomendado pela FNLIJ
Fundo Municipal de Educação - Petrópolis/RJ
Fundação Luís Eduardo Magalhães
CONAE-SP
Salão Capixaba-ES

▼ Secretaria Municipal de Educação (RJ)
■ Departamento de Bibliotecas Infantojuvenis da Secretaria Municipal da Cultura de São Paulo
◆ Programa Uma Biblioteca em cada Município
❑ Programa Cantinho de Leitura (GO)
♠ Secretaria de Educação de MG/supletivo de Educação de Jovens e Adultos - Ensino Fundamental
☞ Acervo Básico da FNLIJ
✈ Selecionado pela FNLIJ para a Feira de Bolonha/96
✎ Programa Nacional do Livro Didático

📖 Programa Bibliotecas Escolares (MG)
✍ Programa Nacional de Salas de Leitura
🗐 Programa Cantinho de Leitura (MG)
◎ Programa de Bibliotecas das Escolas Estaduais (GO)
✝ Programa Biblioteca do Ensino Médio (PR)
⌘ Secretaria Municipal de Educação de São Paulo
☒ Programa "Fome de Saber", da Faap (SP)
⚐ Secretaria de Educação e Cultura da Bahia
☑ Prefeitura de Santana do Parnaíba (SP)
○ Secretaria de Educação e Cultura de Vitória